色憑きの恋

火崎　勇

Illustration
宝井さき

JN267539

B-PRIN

※本作品の内容はすべてフィクションです。
実在の人物・団体・事件などには一切関係ありません。

CONTENTS

色憑きの恋

『しろや』は由緒正しい骨董品屋《こっとうひんや》だった。

だった、というのは、今では骨董品屋というより古道具屋に近いからだ。

大正時代に店を立ち上げた時には、好事家も多く、貴族という名の金持ちも、海外から日本のものを求める者も多かったので随分と繁盛し、戦中戦後には金や食料を得るために旧家が放出した名品を取り扱うこともできた。

だが、今では骨董品に手を伸ばしてくれるのは僅かな人だけだ。

祖父はいまだに『しろや』を細々と続けているが、父親はその商いに見切りをつけ、古物商のライセンスを別の方向に向けた。

リサイクルショップ『五つ屋《いつや》』だ。

大繁盛とは言えないが、こちらの方が将来性がある、というのが父親の言だった。

俺はどちらかというと祖父の店の方が好きなのだが、頼まれれば父親の店も手伝うという、中立の立場だった。

ちなみに、うちの名前が五城《いつしろ》なので、祖父の店の名前が『しろや』で、父の店の名は質屋を七つ屋というのと五城の名をかけて『五つ屋』となっている。

二人の店は、背中合わせに建っていて、その真ん中に蔵と自宅。

戦後のドサクサに紛れて儲《もう》けた曾祖父のお陰で、古いけれど立派な家だ。

俺は、大学を卒業すると、祖父の店を手伝うようになっていた。

父の店は既に会社となり、従業員もいるが、祖父の店は祖父一人がやっていたので、手が必要なのは祖父の店だろうと判断したのが理由だ。だが、何より祖父の店にある古い品物がとても好きだったからだ。

「正希《まさき》はうちの子じゃなかったら、いい収集家になったろうね」

と祖父には笑われたけれど。

人の手を経た古い品物には、柔らかな空気があった。

刀の鍔《つば》、印籠、キセル、矢立て、花器、茶道具。

贅《ぜい》をこらしたその作りは、当時の粋を感じる。

時にユーモラスなこしらえのものもあり、子供の頃にはカエルや蛇の根付けで遊んだりしたものだ。

これを使っていたのはどんな人だったのだろう。

何故《なぜ》これを作ろうと思ったのだろう。

どうして手放さなければならなかったのだろう。

そういうことを考えているだけでも、楽しかった。

沢山の品物の中で一番好きなのは、大正時代のものだというティーセットだ。

今ならデミタスカップと言われるぐらいの小さいもので、欠けも傷もない五客セット。

白地に青で細かな蛸唐草《たこからくさ》が描かれていて、当時は多く作られていたらしく高価なものではないそうだ。

これは高校の卒業祝いにもらって、今も使っている。

だが一番気になるのは、蒔絵《まきえ》の櫛《くし》だ。

半月形の古い櫛は、黒地に金で白波に兎《うさぎ》という模様の、美しいけれど可愛《かわい》らしい柄だった。

祖父に聞いたところによると、白波は『兎が走る』といって、譬《たと》えものとして珍しい柄ではないそうだが。

その櫛を見つけたのは中学の時だった。

言った通り、可愛らしいと思って手に取ったのだが、何故だかそれを手にすると、日本髪の女性の姿が頭に浮かんだ。

美しい女性で、いつも俯《うつむ》いて泣いているような感じだった。

それを祖父に言うと。

「そりゃお前、櫛は女の命だからな。きっと櫛に憑《つ》いてる幽霊だよ」

と笑った。

そうかもしれない。

今のように物が溢《あふ》れている世の中と違い、昔は品物を買うというのは大変なことだっただろう。

しかも蒔絵というのは漆の上に金粉で絵を描く高級なもの。

傷一つない品物の状態からいって、持ち主はこれを大切にしていたはずだ。

あの美しい女性も、この櫛を可愛いと思って大事に使っていたのだろう。

「これ、売らないでって言ったらだめ？」

「気に入ったのかい？」

「うん。気になる」

「そうかい。じゃあ、とっといてあげるから、お前に彼女ができた時にあげるといいよ」

その時は、櫛に憑いた幽霊……、かもしれないその女性に惹《ひ》かれて手放したくないのだろうと思っていた。

だが去年。

新たな品物が手元に届いた時、その考えが変わった。

「正希、ちょっとおいで」

その日、店が定休日なので蔵の整理をしていると、おじいちゃんが俺を呼びに来た。

「何？　荷物運び？」

「いや、そうじゃない。お前に見せてやりたいものがあってな」

「見せたいもの？」

「いいからちょっとおいで」

俺は蔵を閉め、おじいちゃんの住む離れに向かった。

「うわ、すごいねぇ」

障子を開けた途端、俺は声を上げた。

座敷には、いっぱいに広げられた小物が並んでいたからだ。

「どこかの旧家からでも出てきたの？」

「いや、深川《ふかがわ》にあった白瀬《しらせ》さんが亡くなってね。あそこは息子さんもサラリーマンだし、店を閉めるって言うんで皆で買い取ってきたんだよ」

白瀬さん、というのは同業者で、おじいちゃんよりも年上の、おっとりとした布袋《ほてい》様みたいな人だった。

小さな頃に遊びに行くと、よくお菓子をくれたのを覚えている。

「江戸時代から続いた由緒ある店だったんだけどねぇ。やっぱり跡を継ぐ人がいないのは寂しいもんだ。私にゃお前がいるからいいが」

「何言ってるの。おじいちゃんがもっと長生きすればいいだけじゃない」

「今すぐじゃないよ。先の話さ。私は百まで生きる」

痩せた身体《からだ》で胸を張るおじいちゃんは、本当に百まで生きるだろうな、と思った。

多分、普通の人が見たら、おじいちゃんは職人さんみたいに見えるだろう。頑固だし、気っ風もいいし、父さんと大ゲンカなんかもするくらいだから。

店の奥に座ってると、おとなしくて痩せた老人にしか見えないけど。

「それで、この中からいいものを選べばいいの？」

俺は新聞紙の上に広げられた小物を一つ手に取った。

べっ甲細工の簪《かんざし》だ。

今は本べっ甲はあまり世に出ないから珍しいものになってしまった。飴色《あめいろ》になったべっ甲は、使い手が丁寧に使ってきた証しだ。

「お前に目利きはまだ無理だろう。そうじゃなくて、お前、兎の櫛を持っていただろう」

「うん」

「これはもしかしてあの櫛と対にしとくといいんじゃないかと思ってね」

そう言っておじいちゃんが手にしたのは、蒔絵の印籠だった。

黒地に白波。

斜め上の空いた部分に満月。

「波の描き方が似てるんじゃないかい？　それに、月と兎だ。対にするにはもってこいだ」

「本当だ」

喜んで手にした途端、耳元で声が聞こえた。

『ああ……左乃《さの》さん』

「え？」

思わず振り向いたが、当然そこには誰もいなかった。

縁側から冬枯れた庭が見えるだけだ。

「どうした？」

「ううん。何か聞こえた気がして……」

おじいちゃんはにやりと笑った。

「また何か見えるのかい？」

「『また』とか言わないでよ。霊感少年じゃあるまいし」

「だがお前は子供の頃からそういうのを感じるみたいだからな」

「違うよ。ただ想像を巡らせるだけ。これはこういう人が使ってたんじゃないかな、って」

「それで？　そいつはどんな人が使ってたんだい？」

「わからないよ。ただ……」

「ただ？」

「『左乃さん』って声が聞こえた気がして」

「『さの』か。佐野《さの》様ってお大名かねぇ」

「違うと思う」

「うん？」

俺は手にした印籠を開けてみた。

印籠は、今で言う携帯薬入れ。

留め具などのない箱と蓋とに紐《ひも》を通して腰からぶら下げて持ち歩くものだ。大抵は二つ割で上が蓋で下が薬を入れる箱となっているが、これは三つ割になっていた。つまり、薬を入れる場所が二か所あるということだ。

その下箱の底に、薄くなってはいるが、墨で『左乃介《さのすけ》』と書かれている。

「持ち主か、作った人が『左乃介』って人だったんじゃないかな、ほら」

俺がその名を見せると、おじいちゃんは目を丸くした。

「おやまあ、本当に霊感みたいなのが出たのかね」

「手にした時に見えただけかも」

「けれどそれじゃ余計にお前が持っていた方がいいようだな。お道具が語りかけてくる時は、何か意思があるんだろうから」

「おじいちゃんもそういう時がある？」

「あるさ。この間の菊文様のお棗《なつめ》は、いい茶人に愛《め》でられたいと語ってた。だからお茶の先生にお譲りしたんだ」

「へぇ……」

長く扱ってるとそうなるものだろうか？

古い物を扱うのは好きでも、まだ骨董品に精通しているわけではないから、自分にはわからないけれど。

「どうする？　持って行くのか？　行かないのか？」

「持ってく。ありがとうおじいちゃん」

「それじゃ、それがお駄賃だ。これを磨いて目録を作る手伝いをしておくれ」

「はい」

俺は油紙に包む前に、もう一度印籠を手にとって眺めてみた。

おじいちゃんじゃないけど、本当に波の描き方があの櫛と似ている。後で、二つ並べて比べてみよう。

漆の状態もいいし、欠けや傷、剝げもない。

「あれ……」

気づくと、蓋の部分の内側にも薄く何か書いてある。

「……『鶴《つる》』かな？」

『左乃介』が名前なら、『鶴』は名字だろうか？

「ほらほら、眺めるのは後にして、頼むよ正希」

「はい」

慌てて油紙に包んで横へ置くと、すぐに仕事を手伝い始めた。

旧家の蔵から出てきたようなものは、埃《ほこり》まみれ、黴《かび》まみれで、状態もまちまち。商品として客に見せる前に丁寧に磨かなければならないのだが、お店から譲られてきた品はどれもきちんとしていた。

それに、跡を継ぐと言っている俺がさほど骨董に明るいわけでもないので、品物も小物が多い。

お蔵には刀とか鏡台とか屏風《びょうぶ》などもあるが、ここに並んでいるのは漆器や根付けなど今でも使えそうな手軽なものばかり。

仕事と言っても、それらを眺めながらの楽しいものだった。

結局夜までかかりはしたが、一日で全てが終わった。

蔵にしまうのは明日にすることにして、夕飯を食べる。

食事を終え、部屋に戻って櫛を取り出し、印籠を並べてみると、まるで櫛に描かれた兎が印籠に描かれた月を目指して走っているように見える。

「もしかして、これって本当に対だったのかな？」

男物と女物の品が対で作られるというのはよくあることらしい。

夫婦や恋人が分けて持ったり、親子で持ったり。今で言うなら小粋なペアルックというところだろう。

だとしたら、『鶴』は名字じゃなくて女性の名前なのかもしれない。

『鶴』さんが櫛をさして、『左乃介』さんが印籠を下げて、二人で一緒に歩いたりしたのだろうか？

櫛を手にした時に頭に浮かぶあの日本髪の女性が『鶴』さんなのかも。

考えると楽しい。

もしこれがセットなのだとしたら、俺の下に二つ揃《そろ》ったのも何かの運命かもしれない。

二つ別々にしまっておくのも何なので、服紗《ふくさ》に包んで空いていた桐箱《きりばこ》に入れ、枕元に置いて眠った。

これで兎は月にたどり着くかな。

夢の中で、兎が喜びの踊りでも踊ってくれるかな、と思いながら。

だが、俺が見た夢はそんな可愛いものではなかった……。


暗い部屋。

四畳半ぐらいの狭い畳の部屋。

俺はそこで誰かに抱き締められていた。

どうしてこんなに暗いんだろうと思って辺りを見回そうとしたのだが、身体が動かない。

固まっているわけではない。自由にならないのだ。

手は、俺の意思とは違って、目の前にいる誰かに必死に縋《すが》り付いていた。

「左乃さん」

震える細い声。

泣いている女性の声だ。

驚いたことに、その声は自分の口から発せられていた。

「ここへは来ちゃいけないって言ったじゃないか。また店の若い衆に見つかったら……」

店？

若い衆？

「袋叩《だた》きじゃ済まねぇだろうな。だが、どうしてもお前に会っておきたかったんだ」

今度は男の声。

でも声は俺のものじゃない。

俺がしがみついてる身体からだ。

つまり、俺は、今の声の主に抱き締められ、自分もその男に抱き着いているというわけだ。

「会っておきたい？」

混乱している俺を置いて、男と女の会話が進む。

「俺は今度船に乗る」

「船？」

「讃岐《さぬき》へ渡る船だ。そいつに乗って戻って来れりゃ、お前を身請けできるくらいの金が手に入るだろう」

胸がツキンと痛む。

それは彼女の驚きの表れだろう。

「あんた……。でも船だなんて、大層危ないんだろう？」

「だから会っておきたかったんだ」

男は一瞬黙って辺りの物音に耳を澄ませた。

部屋の外に誰かいないか、酷《ひど》く気にしているようだ。

黙っている彼に業を煮やして彼女が口を開く。

「身請けなんていいよ。こうして会えるだけでも私は幸せだもの。生きて、無事でいてくれた方がずっと嬉《うれ》しい」

「俺は嫌だ。俺が嫌なんだ」

俺を……、いや、女性を抱く腕に力が籠もる。

「お前が他の男に肌を晒《さら》してるかと思うと、腸《はらわた》が千切れるぐらいに悔しい。それが俺の本音なんだ」

「左乃さん……」

「俺達みたいなもんが大金を摑《つか》むにはこれしかねぇんだ。暫《しばら》くの辛抱だ。戻ったら、俺は絶対お前を迎えに来る。そしたらお前は晴れて俺の女房だ」

「嬉しい……」

はらはらと、涙が頬を伝ってゆくのがわかる。

俺は……、というか彼女は、溢れる涙を袖で拭った。

「待ってろ、お鶴」

「待つわ。ずっと待ってる。でもお願いだから生きて戻ってきて」

「当たり前だ。添い遂げるために行くんだ。諦めるためじゃねぇ。戻って来なくてどうする」

混乱した頭でも、だんだんと状況が理解できてきた。

俺は、お『鶴』さんになっているのだ。

多分、あの櫛に憑いていた女性に。

そして相手の男は印籠の持ち主の『左乃介』だ。

俺は、夢を見ているのだ。

あの品物を持っていた人達がどんなだったのかと考えていたから。

身請け、という言葉からすると、女性は芸者とか女郎とか、そういうものなのだろう。暗くてはっきりしないが、着ている着物もすこし派手めのものだし、いつも見る姿は日本髪を結っていた。

だが抱き合っている男は縞《しま》の木綿の単《ひとえ》。

あまり金のない男のようだ。

「船はいつ？」

「来月の一日に発《た》つ」

「それじゃ、もう一度くらい来られるわね？」

「俺に会いたいか？」

男が不敵に笑った。

結構いい男だ。

「当たり前よ。本当は片時だって離れたくないくらいなのよ。ただそうじゃなくて、行く前に渡したいものがあるのよ」

「渡したいもの？」

彼女はこくりと頷《うなず》いた。

「遠く離れても、二人が一緒にいられるように」

「お鶴」

男の手が、背中に回る。

シュッと音がして、帯が解かれる。

「あ……、左乃さん。こんなところで……」

手が、着物の裾を割って脚に触れる。

ざらざらとした硬い指先を感じる。

「残り少ない逢瀬《おうせ》だ。長く会えなくなるとわかってて、お前を味わわずに戻れねぇよ」

「左乃さん……」

男の顔が近づき唇が奪われる。

その瞬間、俺は叫んだ。


「それはダメだろう！」

部屋は暗かった。

だが窓からは外の光が差し込んでいた。

庭にある庭園灯の明かりだ。

俺は、布団の上に一人で横たわっていた。

部屋は座敷ではあるが、夢の中よりもずっと広く、自分以外の誰の気配もなかった。

「……リアルな夢だった」

最後にキスされた唇の感触も生々しい。

あれでもう少しおとなしくしてたら、舌も入れられたかもしれない。

冗談じゃない。

現実でのファーストキスもまだなのに。
「にしても……」
俺は薄闇の中、枕元に置いてあった箱を手に取った。
「これには本当にああいう物語があったのかも」
箱を開けると、中には黄色い服紗に包んだ櫛と印籠がある。
俺はもう一度布団に潜り込むと、枕を退《ど》けてその二つを並べた。
波の模様があるから、男が船に乗るなんて思ったのかな？
お鶴さんは左乃介が船に乗る時にこれを渡して、彼の無事を祈ったのだろう。
そして、戻ってきてきっと二人は夫婦になったに違いない。
物語の終わりは幸せな方がいいから、それがいい。
『……して』
耳元で声がする。
『あの人に渡して……』
女の声。
俺は跳び起きて部屋の明かりのスイッチを入れた。
次の瞬間、部屋に光が溢れる。

見慣れた、自分の部屋だ。

女性どころか、人の気配など微塵《みじん》もない。

誰もいないのに、もう一度声は聞こえた。

『あの人に渡して』

瞬間、意味を理解して全身に鳥肌が立った。

生身の人間の声ではない。これは、櫛の幽霊の声なのだ。

「あの人って……、左乃介さん？」

『あの人に渡して』

「ど……どうやって？　あの人は昔の人だろう？」

『あの人に……』

「渡せないって！」

誰もいない部屋、見えない相手に向かって俺は叫んだ。

「どうしても渡せっていうなら、どこの誰だか教えてよ。そしたら宅配便ですぐに送ってあげるから！」

自分でも何を真面目に会話しようとしてるんだと思ったが、黙っているのが怖かった。

「お墓があるなら、お墓の場所でもいいから」

『渡して……』

声はそれを最後に消えた。

「冗談……、だろう？」

俺はへなへなとその場に座り込んだ。

確かに、子供の頃から骨董品を手にすると、ぼんやりと何かを感じることはあった。この櫛を手にすると、いつも同じ女性の姿を見る気がした。

だがそれは『気がした』だけだ。

今みたいにはっきりとした声を聞いたりしたことはない。

かと言って、今のは気のせいだと言えるほど曖昧なものでもなかった。

「リアル……、幽霊？」

俺は布団に並べてある櫛と印籠を見た。

金の波に月と兎。

可愛らしい意匠の品。

本当にこれにあの女性の霊が憑いているというのか？

「冗談だろ……」

信じたくはないけれど、否定もできない。

品物はそこにあり、耳にはまだあの悲しげな女性の声が残っていたから。

「誰か冗談だって言ってくれ……」


それが今から一年前の話だ。

この一年、俺は何度となく彼女の声を聞き、彼女の夢を見た。

会話はできず、彼女からの一方通行ではあるが、だんだんと全容もわかってきた。

最初に見た夢の通り、お鶴さんは貧しい家の生まれで、家のために遊女として売られてしまったらしい。

左乃介は幼なじみ。

二人は恋仲だったが、どうにもならなかった。

それでも、大きくなった左乃介はずっとお鶴さんを探して、やっと彼女を見つけた。

そして足抜け、つまり身体を売らせないようにと彼女を連れて逃げようとしたのがバレて店の若い衆にコテンパンに叩きのめされた。

それでも二人の恋は消えることはなく、左乃介は彼女を身請け、つまりお金を払って彼女の借金を帳消しにしてやって、二人で夫婦になろうと船に乗った。

けれど彼女は彼が帰って来るのを待てず、病で亡くなった。その後左乃介が彼女を迎えに来たのか、彼もまた旅の空で亡くなったのかはわからない。

俺が見られるのはお鶴さんの視点だけだから。

だがまあ、ざっと言うとそんなところらしい。

もちろん、あの夢だけで彼女が幽霊だと信じたわけではない。

夢を見ただの、声を聞いただの、確たる証拠にはならないではないか。

対になるかもしれない櫛と印籠を手に入れて、ちょっとハマってそんな夢に取り憑かれただけだとも言える。

けれど、あまりに鮮明に見る夢と、身体に起こった変化が、俺に夢を信じさせた。

何回目かの夢を見た時、俺は櫛に向かって語りかけた。

傍《はた》から見るとバカみたいだったが、何度も同じような夢を見るので、本当に幽霊で心残りがあるのなら、ちゃんと意思の疎通をした方がいいと思ったのだ。

どうして俺に取り憑くのか。

ただ夢を見せているだけではこの印籠を渡すことなどできない。

死んでるならその人の墓の場所を、生きているなら（もしも明治とか大正の時代なら、左乃介さんがおじいちゃんになって生きてる可能性もあるので）住んでる場所を教えて欲しい。

出会って、その人だとわかるように目印ぐらいつけて欲しい、と。

するとその夜、応えるように見た夢の中で、彼女は左乃介さんとの間に『入れぼくろ』なるものをした。

離れても二人、一緒にいようと。

これを見て会えない時でも互いのことを思い出そうと言って、親指の付け根に墨をつけた針を刺したのだ。

彼女が言っていた『入れぼくろ』という言葉を頼りに調べたところ、昔の遊女が恋仲の人とするホクロのような入れ墨のことだった。

親指だけでなく、互いに握り合った手の先に入れるとか、腕の内側に名前と共に彫るとか色々あったが、親指の付け根に小さな点だけでよかった。

何故って、目を覚ました俺の左手の親指の根元に、彼女と同じ黒い点があったのだ。

誓って言うが、前日までそんなところにホクロなどなかった。

子供の頃からの写真を見ても。全く身に覚えがない。

つまり、彼女としてはこの入れぼくろが彼を見つける目印だというのだろう。

腕の内側に名前、じゃなくて本当によかった……。

最初の三カ月、俺は必死になって『左乃介』なる人物を探した。

だが、考えてみて欲しい。

夢が現実だったとしても、昔の、殿様でも大店《おおだな》の主《あるじ》でもない、名字もない男をどうやって探せばいいのか？

彼等《かれら》が会う部屋は、多分布団部屋か何かだろう。明かりは行灯《あんどん》一つ。そこからして、彼女はそんなに身分の低い遊女ではないが、太夫《たゆう》とか花魁《おいらん》と呼ばれるほど華やかな女性でもない。

男は讃岐、つまり今の四国《しこく》の香川《かがわ》辺りに船で向かった船員。

わかっているのはそれぐらいだ。

古い墓がある寺を巡ったり、国会図書館で古い本に書かれた『左乃介』という人物を探したりしたけれど、貧しい生まれで船に乗って讃岐へ行ったという条件にあてはまる人物を見つけることはできなかった。

自分にはもう何もできないとわかってからは、あまり深く考えないようにした。

彼女の気持ちはわかる。

何度も夢を見ている間に、彼女の切ない気持ちもわかったし、左乃介を探している間に昔の遊女の生活の厳しさもわかったから。

なので、一年経《た》った今では、自分は彼女の生まれ変わりか何かで、果たせぬ夢を果たしたいと思っているだけ、と思うことにした。

幽霊だと別人に取り憑かれてるということになるが、生まれ変わりなら自分自身だから恐怖も薄らぐ。

彼女がこんなにも左乃介を愛して探しているのなら、この印籠が俺の手元に偶然とはいえ渡ってきたのなら、いつかきっと左乃介とも偶然に会うに違いない。

そうなったら、その人にこの印籠を渡して成仏してもらえばいい。

幸いなことに、夢を見るのと『彼に渡して』という声が時々聞こえる以外実害はないし。

お鶴さんとは長い付き合いをすればいい。

俺が死ぬまでにはきっと左乃介も見つかるだろう。

問題は、見つけた左乃介に同じような記憶がない時だが、それも何とか適当に言いくるめればいいだろう。

そんなふうに思っていた。


「バイト代出すから、今日は父さんの仕事を手伝ってくれ」

その日の朝、朝食の席で俺は父親からそう言われた。

「いいよ。店に立つの？」

「イヤ、引き取りの査定に行って欲しいんだ。紅林《くればやし》さんって方なんだが、引っ越しを機会に古いものを処分したいって言われてな。父さんは仲買の会合だし、査定ができる宮城《みやぎ》さんは店を空けるわけにはいかないから」

宮城さん、というのは店長さんのことだ。

店に持ち込まれる品は、大抵父さんか宮城さんがやることになっている。

「いいけど、具体的な金額までは出せないよ？」

「買い取れるものかどうかだけチェックしてくれればいい。とにかく早いうちに一度来てくれって言うもんだから」

「せっかちな人なんだ……」

肯定しているのか、同感だと言ってるだけなのか、父さんは無言で細かく頷いた。

「頼めるだろ？　どうせじいさんの店はじいさん一人でできるだろうから」

自分の父親なのに『じいさん』だなんて、父さんも口が悪い。

でもそういうわけで、今日は父さんの店の従業員として、店の車で紅林なる人物の下へ向かうことになった。

引っ越しの時に古い荷物を売る、というのはよくあること。

というかそれがメインの買い取りと言ってもいい。

新しい生活を始めるために、古いものを捨てたいと思うのは人の性《さが》なのだろうか？

食器に服に家電に布団。それこそ、買い取ってくれるなら何でも持って行ってと言われる。

中にはこんなもの買い取れませんよ、というものまで。

俺は細かい査定まではできないが、買い取れるものと買い取れないものぐらいの区別はつくので、こうやって駆り出されるのだ。

早くきてくれ、というのは、買い取れないと判断したものは処分してしまいたいということだろう。

気軽に考えて、店のバンのカーナビに住所を入れ、件《くだん》の紅林さんの家へ向かった。

住所に『セントモード二〇二号室』とあるからマンションだろうとは思っていたが、ナビに導かれて到着した俺はその『セントモード』の立派さに驚いた。

絶対億ションだろうと思われる新しくて立派な、白い建物。

マンションの前には公園みたいに素敵なロータリーもある。

これはあれかな、家賃が払い切れなくて引っ越すタイプかな？

来客用の駐車場に車を停《と》め、エントランスから中に入ると、ガラスの扉の横に暗証番号を押す操作パネルがある。

二〇二、とボタンを押すと、すぐに返事があった。

『はい』

思ったより若い声だな。

一家の主で、オジサンが出てくるかと思ったのに。

「ご連絡いただきました、五つ屋の五城と申します。ご依頼の件で参りました」

誰が聞いているかわからないから、『買い取り』という言葉は使わない。

でも屋号を聞いてすぐにわかってくれたのか、応対に出た人物はぶっきらぼうな声で『開けたから入ってこい』と応じた。

入ってこい、か。

随分横柄な人のようだ。

でも、これも仕事。にこやかに応対するように心掛けよう。

これだけ立派なマンションに住んでる人だもの、掘り出し物もいっぱいあるだろうし。

扉はすぐに開き、中へ入るとエレベーターで二階へ。

左手奥から二番目の扉の前に立つと、部屋付きのインターフォンを押す前にドアは内側から開いた。

「時間通りだな」

中から現れたのは、このマンションの住人のイメージにぴったりな人だった。

背が高く、襟を開け、袖を捲《まく》った白いワイシャツに黒のスラックスがセクシーで、上げた前髪から覗《のぞ》くはっきりとした顔立ちは濃い系のイケメン。

バイタリティに溢れた印象の男性だ。

「『五つ屋』の五城です。この度は……」

「もっとオッサンが来るかと思ったが、随分若いな。それに可愛い顔だ」

こちらの挨拶が終わらないうちに被《かぶ》せてくる言葉。

どうやらこの人はかなりせっかちらしい。

「入れ。すぐに見てもらいたい」

「はい。失礼します」

挨拶してから一歩中に入って、また驚いた。

まるでモデルルームのように美しく整った部屋は、とても引っ越し直前とは見えない。

渋いグリーンの革張《かわば》りのソファ、大理石のテーブル、白いガラス張りのサイドボードに縁をイタリアンタイルで飾った鏡。

ちょっと成り金趣味な気がしないでもないが、どれを見ても買い取り決定だ。

ただあまりに豪華で、Tシャツにデニム姿の自分は浮きまくっているが。

「絵や美術品は買い取り先が決まってる。取り敢《あ》えず家具や食器を見てもらいたい」

「これ全部ですか？」

「ああ」

「お引っ越し先に持って行かれるものは？」

「ない。新しいところでは全部新しく揃える」

これは……。

夜逃げタイプではなく、金持ちの引っ越しだ。

「では失礼して。お写真は撮ってもかまいませんか？」

「外へ流出させなければいい」

「はい、それでは」

部屋数は三つ。

3LDKだった。

一つは黒いデスクが主役の仕事部屋、もう一つは小さなベッドが置かれた客室、もう一つが大きなベッドの置かれた主寝室。

「ベッドもお売りに？」

「全部と言ったろう」

ダイニングのテーブルは白で、椅子は赤。

キッチンは使った様子がなく、綺麗《きれい》なものだが、食器も調理器具も全部揃っていた。

ひょっとしてモデルルームに入居したんじゃないかと疑うくらい完璧だが、生活感がない。

「どうだ？」

まだぐるりと歩いただけなのに、彼は訊《き》いてきた。

やっぱりせっかちだな。

「ざっと見ただけですが、多分ほとんど買い取らせていただけると思います。ただ価格の方は型番など調べてからでないとはっきり申せませんが」

「価格は幾らでもいい。ゴミに出すものがあるかどうか知りたかっただけだ」

「あの……、今更ですが、紅林様ですよね？」

「ああ」

「ここは紅林様のお宅ですよね？」

「俺が他人の家財道具を売ると思うか？」

「いえ、あまりにも執着がないご様子でしたので」

「執着？」

「引っ越しで家財を処分なさる方は、長くお使いになられたものに愛着があるものです。ですが、紅林様からはそういうものを感じられませんので」

そう言うと、彼は笑った。

笑うとよりセクシーな感じだ。

女性なら、これだけでうっとりしてしまうだろう。

「ここで生活していたわけじゃない」

「お住まいではないので？」

「セカンドハウスだ」

……セカンドハウス。

「自宅は別にある。ここは交通の便がいいんで買ったんだが……」

言いながら、彼はキッチンへ向かった。

話が途中なのでついてゆくと、俺のことなど気にせずコーヒーを淹《い》れ始める。

コーヒーメーカーにカートリッジをセットする時に、目で『お前も飲むか』と訊いてきたが、応える前に背中を向けられた。

でも淹れてくれるのだろう。出したカップは二つだったから。

「そんなに使う必要がないとわかったんでな、無駄だから処分することにした」

「ここはお売りになるのですか？」

「そうだ。だから空っぽにしなきゃならん」

「でもこの家具はご自分でお求めになられたんでしょう？」

「いいや。部下に用意させた。そのせいかもな、趣味が合わなくて居心地が悪い」

なるほど、白いシャツで現れた彼と、この豪華過ぎる部屋は、確かにそぐわない気がする。

この人なら、高級は高級でも、もっとスタイリッシュでシンプルなものを選ぶだろう。

にしても、部下に家具一式揃えさせるか……。

世界が違う、という言葉が頭に浮かんだ。

何をしている人かわからないが、この若さでこんな素敵な部屋をセカンドハウスと言い切り、使わないから処分すると執着なく言い切るなんて。

「お前はアルバイトか？」

「いいえ」

「若いが、学生じゃないのか？」

彼に比べれば確かに細くて子供っぽいかも知れないが、学生に間違えられたことはなかったのに。

「とうに大学も卒業しています」

「ふぅん。可愛い顔をしてる。黒目がちで睫毛《まつげ》が多くて。母親が美人なのか？」

「『ええ』と言っておかないと母に怒られるでしょうから、肯定しておきます」

「妹か姉さんはいないのか？」

「おりません。弟はいますが」

「残念だ。好みの顔なのに」

肉食系な人だな……。

「ほら、コーヒー」

彼は立ったまま、傍らに立つ俺にカップを差し出した。せめてソファに座ろうぐらい言ってくれればいいのに。

だが文句はナシだ。コーヒーもいい香りだし。

「ありがとうございます」

営業スマイルで応えてカップに手を差し出した時、彼が俺の手を摑んだ。

「な……、何ですか？」

「面白いところにホクロがある」

「は？」

右手には、査定用のタブレットを持っていた。コーヒーは淹れてもらっていても、リビング

に戻ってから手渡されるのだろうと思って持ち替えなかったのだ。だから、差し出したのは左手だった。

　ホクロ、と言われたのはあの『入れぼくろ』のことだ。

「手の甲にホクロがあるのはいいことなんだろう?」

「これはちょっと失敗してペンを刺しただけです。ホクロでは……」

「俺も同じところにある。手相占いによると、手の甲にあるのは幸運度が高いらしい。金も仕事も人間関係も……」

「同じところ?」

　今度は俺が食い気味に聞き返し、彼の手を取った。

「おい、何だ?」

　大きな手の、親指の付け根に不自然なほど黒い点。

　これだ。

　この人だ。

「左乃介さん?」

　俺は勢い込んでその名前を呼んだ。

　やった、これで全てが終わる。

……と思ったのだが。

「サノスケ？　何だそれは？　手相でこのホクロのことをそう呼ぶのか？」

紅林さんはキョトンとした顔で俺を見下ろした。

「あの……、夢とか見ません？」

「夢占いか？　残念ながら、俺は占いは好きじゃない。手相も付き合いで見られただけで自分で望んだわけじゃない」

「幽霊とかは……？」

「信じないな。霊感もないし。立ったままじゃ何だろう。座るか。来い」

彼は俺の手を解いて、リビングへ向かった。

だめだ……。

この人は『見ない』タイプの人だ。

というか、見ても信じないタイプではないだろうか。低周波だ、気の迷いだとか言って。

「どうした、買い取り屋。来ないのか？」

「……参ります」

革張りのソファはふかふかだった。

さっきまでだったら、その座り心地を楽しんだだろう。だが今は彼のホクロから目が離せず、それどころじゃなかった。

「お前は占いとか信じる方か？　顔が女っぽいと好みも女っぽいのか？」

「顔立ちが女性っぽいと言われたことはあまりありません。好みは普通です」

この、何も信じないタイプの人に、何をどうやって説明すればいいのだろう。

「占いも信じているわけではありません。ただ……」

「ただ？」

「同じところにホクロがあるのは珍しいな、と。そういう人には会ったことがなかったので」

「ああ、そうだな。俺も初めてだ。手の甲にホクロがあるってのは珍しいから幸運だとか言うんだろう」

「それで興味が湧いたんですけど、紅林さんは何のお仕事をなさってるんですか？」

「貿易だ。お前達の仕事と似ていなくもないな、買い取り屋」

「五城、です。五城正希。よろしければ名前で呼んでください」

「イツシロか、どう書く？」

「五つの城です」

この人と、何とか親しくならなくては。

ここで終わってしまったら、あまりにも世界が違い過ぎて、再び出会うことは叶《かな》わないかもしれない。

仕事上でも飲み仲間でも、何でもいいから、この人と繋《つな》がらなくては。

少なくとも、彼が『左乃介』かどうかはっきりするまでは。

「紅林さんっていいお名前ですよね」

「そうか?」

「紅って綺麗な字じゃないですか。それが名前に入っているなんていいですよ。下の名前はもしかして左乃介さん……」

「お前は『サノスケ』って言葉が好きなのか? 違う」

彼はいきなり立ち上がった。

しまった、怒らせたかと思ったが、そうではなかった。戻ってきた彼は、目の前に名刺を差し出した。これを取りに行っていたらしい。

「ほら」

「ありがとうございます」

そこにはクリムゾン貿易、代表取締役紅林雨水《うすい》とある。

「『うすい』さんですか。二月生まれですか?」

「ほう、『あまみず』と読まなかったか。しかも二月生まれというとは、学があるな」

雨水、というのは二十四節気という暦の中で、二月の十九日頃のことを言う。だから二月生まれだろうと思ったのだが、当たったようだ。

「お前のも寄越せ」

「私のですか？　名刺は持っていなくて……」

「仕事の時に名刺を持ち歩かないのか？」

あからさまに不快な顔をする。

彼は生活だけでなくエネルギッシュに仕事をこなすタイプのようだから、仕事に不真面目だと思われたら嫌われてしまうかもしれない。

今ここで嫌われるわけにはいかないのだ。

自分のためにも、父さんの仕事のためにも。

「正直に申しますが、私は『五つ屋』の社員ではありません。ですから、『五つ屋』の名刺はないのです」

「雇われか？」

「いいえ。社長の息子、です。私は祖父の店を手伝っておりまして、時々手が足りない時にこうして手伝いはしますが、本業はこちらです」

財布の中から、『しろや』の名刺を出して彼に差し出す。

彼は座りながらそれを受け取り、読んだ。

「骨董、古民具、『しろや』、五城正希、か」

「祖父が骨董品屋、父がリサイクルショップなんです」

「ほう……」

彼はちょっと興味深そうな声を上げた。

「根付けって置いてるか？」

「ございます」

「ただの丸とか四角じゃなく、凝った作りのものが欲しいんだが、用意できるか？」

やった！

思わず心の中でガッツポーズを取る。

「もちろんです。可愛いものからおどろおどろしいものまで、何でもありますよ」

「今日、査定はできないんだったな。だったらもう一度来た時に持って来られるか？」

「こちらでよろしいんですか？　ご自宅の方にお届けした方がよろしいのでは？　ここは処分なさるのでしょう？　あまりお使いにもならないとおっしゃってましたし」

「ふむ……」

「もちろん、こちらでも結構ですよ？」

彼は少し考えてから、再び立ち上がり、メモを持って戻ってきた。ペンを走らせ、何かを書き、それを破って差し出す。

「これが私用の電話番号だ。用意ができたら連絡しろ」

「かしこまりました」

繋がった。

少なくともあと一回は彼に会える。

その時までにもう少し彼のことも調べてみよう。できるかどうかわからないが、お鶴さんに確認もしてみよう。

もし彼が左乃介だったら話は早い。

そうでなかったとしても、お金持ちの彼を捕まえるのはおじいちゃんや父さんの仕事のためにもなるだろう。

「お前は部屋の品物より、俺に興味があるようだな」

「え？　ええ、まあ。若いのにこんな立派なお部屋に住んでらっしゃるなんて、素晴らしいなと思います」

「金が欲しいか？」

「それは、ないよりあった方がいいですけど。私は身の丈を知ってますから」

「身の丈?」

「バリバリ働いてガンガンお金を稼ぐより、大切にされてきた古い品物に囲まれて暮らす方が好き、ということです」

「中古品だろう?」

「……骨董です」

「古い物に価値があるとは思うが、所詮他人が使ったものだろう」

「今では作れない細かくて繊細なものも沢山あります。他人の手を経てきたことが嫌な方がいらっしゃるのはわかりますが、私は好きです。個人の問題ですね。先に言っておきますが、うちが扱うものですから、用意できる根付けは他人の手を経たものですよ?」

「それは見てから決める。使い古しはあまり好きじゃないが、それを我慢しても欲しいと思うほどのものがあれば買うさ」

正直な人だな。

口は悪いけれど、適当にごまかしたりしないところは好感が持てるかもしれない。

「わかりました。では気に入っていただけるものをご用意いたします。本日は父の仕事で参りましたので、コーヒーを戴《いただ》いたら、家具の写真を撮らせていただきます」

「言葉遣いも丁寧で、仕事もソツがなさそうだ。お前は気に入ったよ。今度、自宅の不用品も見てもらうかな？」

「いつでもどうぞ」

「ずっとついていなくてもいいんだろう？　俺は向こうで仕事をしてる。終わったら声をかけてくれ」

言いたいことだけ言うと、紅林さんは席を立ち、隣室へ姿を消した。

……嵐みたいな人だ。

見た目通りバイタリティに溢れていて、かなりゴーイングマイウェイで。

でも、コーヒーを淹れてくれたり、適当なお愛想を言わないところは悪くない。

きっと、会社でもあんなふうに突き進んでゆくのだろう。部下の言うことを聞かず、自分のヒラメキで進んでいくような。そしてそれが外れていない、というタイプに違いない。

嫌いじゃない。

ただ、紅林さん自身に好感が持てるかどうかは別として、問題は彼が左乃介かどうかだ。

「どうやって確かめるかな……」

コーヒーを戴いて、彼が置いて行ったのと一緒にカップをシンクへ持ってゆく。

勝手に洗っては悪いかと思ったが、あの豪快そうな彼がカップを洗う姿を想像できなかったので、洗ってから空っぽの洗いカゴに伏せておいた。

今日は父の仕事。

もう一度気持ちを切り替え、夢の二人のことを追い出すと、俺はタブレットを持って部屋へ戻った。

高級そうな家具を全て写真に収めるため。

紅林さんに、仕事ができない人間だと思われないために。


家具の写真を撮り終えたことを告げると、彼は仕事があるから出ると言って俺と一緒に部屋を出た。

その日はそれで終わりだ。

左乃介の『さ』の字も彼が出すことはなかったし、当然お鶴さんや前世だの幽霊だのという話題もなかった。

家へ戻って撮ってきた写真を見せると、父さんはとても喜んだ。

「上客じゃないか」

なので、査定の書類は俺が持って行きたい、どうやら気に入られたみたいだと言うと、喜んで役割を譲ってくれた。

「逃がすなよ」

と言って。

それからおじいちゃんの店へ行き、今度は父さんの客が根付けを欲しがってるという話をする。

「凝った作りのが欲しいって言うから、適当に選んでいい？」

「いいとも。お前の客になるんだろうから、大切にするんだよ」

「うん」

おじいちゃんには、櫛を持つ度に見る女性の話はしてあった。

子供の時は、自分が特別なような気がして、自慢したかったのだ。

だが、左乃介のことは言っていなかった。

この年になって、生まれ変わりだの幽霊だのというのは気恥ずかしくて。

ただ、俺があの品に何となく因縁を持っていることは気づいているようだった。

だから今回のことを全て話してみようかとも思ったのだが、止《や》めた。言ったからといってどうなるものでもない。

紅林さんは、本当に左乃介なのだろうか？

それとも、偶然同じ場所に本当のホクロがあるだけの人なのだろうか？

蔵で根付けを探す前に、俺は自室に戻り、印籠と櫛を机の上に並べた。

白波に跳ぶ兎。

会いたい。

会いたい。

あの人に波を越えて会いに行きたい。

兎の棲《す》む場所が月であるように、私の棲む場所もあの人の側《そば》なのだと伝えたい。

そんなお鶴さんの想《おも》いに溢れた蒔絵。

彼女は、これを渡せなかった。

友人の遊女のお客に頼んで、店に内緒で揃えてもらったのに、彼とは会えなかったのだ。

左乃介が来なかったわけではない。彼は来たが、店の人間に見つかってしまったのだ。

いつ左乃介が来るかと待ち望んでいた彼女の前にやってきたのは、店の人間で、あの貧乏人がまた来たが追い返した、変なことは考えるなと彼女も折檻《せっかん》されてしまったのだ。

『あの人に渡して』

という彼女の声は、その心残りのせいだろう。

離れてもいい。それは最初からわかっていた、諦めていた。でも、離れても心は通い合っているという証しを互いに持ちたかったのだ。

この指のホクロを入れ墨した時のように。

もしかしたら、二人は身体を重ねたこともなかったのかもしれない。

最後までしてしまったら、コンドームとかない時代だから、きっとその証拠が残ってしまうだろう。店に内緒の付き合いなら、そんなことはできないはずだ。

キスしたり触り合ったりはしたのかもしれないけれど、コトが核心に向かう度、俺が拒んで気力で目覚めてしまうから、コトが成せたかどうか、わからないのだ。

……だって、あまりにも触感とかがリアルで、我慢できないのだもの。

俺が左乃介だったら、最後まで夢を見続けられたかもしれないけど、そこは許して欲しい。

左乃介を好きにはならなかったが、恋人を愛《いと》しいと想うお鶴さんの気持ちには共鳴した。

どんな苦海に落ちようとも、自分には心底愛する人がいる。

こんな汚れた自分を女房にと求めてくれた人がいる。

そのことがずっと、彼女を支えていた。

櫛は、恐らく彼女が病で亡くなった後、店の人間か同僚の遊女が売ってしまったのだろう。

俺が、お鶴さんの生まれ変わりだといいな。

もしそうだったら、今生では彼女は幸せだ。

立派な家、温かい家族。友人も多く、生活は豊かだ。性別は男になってしまったけれど、それは彼女が『女』を売り物にしなければならなかったから、性を変えたいと願った結果かもしれない。

左乃介は見つけられなくても、彼女にこの幸せを味わわせてあげていると思えば心が軽い。

「お鶴さん。彼は左乃介さんなの？　それとも別人？」

俺は櫛に向かって語りかけた。

目印と同じところにホクロはあったけれど、あれは生来のものかもしれない。そういう偶然がないわけではない。

「もしも、彼が左乃介さんだったら、貴女《あなた》にはわかるでしょう？　俺にも答えを教えて。もしそうなら、あの印籠を彼に渡せるように努力する。でももし違うなら、また探さなきゃならないから」

櫛に手を合わせ、俺は目を閉じた。

閉じた瞼《まぶた》の闇に、彼女の姿が浮かぶようなことはなく、また耳元で彼女の声がしないかと待ってみたが、答えもない。

「……ダメか」

目を開け、ほうっと息をつく。

まあそんなに幽霊とツーカーでも困るか。

「根付け、探さなきゃ。生半可なものを持って行ったら、鼻先で笑われそうだものな」

櫛と印籠を元の通り箱に戻し、俺は腰を上げた。

お蔵で、紅林さんに『すごいな』と言わせるための品物を探すために。

お鶴さんではなく、五城正希自身の仕事に対するプライドとして。


「綺麗になったもんだ。あのハナタレが」

言ってる左乃介は泣きそうな顔だった。

「なんで……。ここへ来たの？」

お鶴さんはもう泣いていた。

狭い部屋には布団が一つ。

布団の傍らには酒の徳利がのった膳が置かれている。

「たまたま金が入ったから、女を買いにきたのよ。そしたら偶然お前が出てきたってわけさ」

左乃介は、俺……、いや、彼女に背を向けて膳に手を伸ばした。

「酌ぐらいしろよ」

「……はい」

俺は震える手で徳利を持ち、彼の掲げた盃《さかずき》に酒を注《つ》いだ。

「もう客は取ったのか？」

彼女は答えなかった。

「だろうな、もう何年も経ってるんだし」

「見られたくなかった……。会いたくなかった。こんな姿を見られるなんて……」

「何が悪い？　お前は働いてるんだろ？　稼いでるんだろう？　胸張ってろよ」

「だって……」

「お前が買われてったお陰で、おっちゃんやおばちゃん、お咲《さき》や丙太郎《へいたろう》も元気にやってたぜ。妹や弟のために身を売ったんだ。誰が後ろ指さそうと、俺は笑ったりなんかしねぇよ。……好きで売られたわけじゃなし」

「左乃介さん……」

「情けないのは俺の方だ。お前を買い戻す金を稼ごうと頑張っちゃみたが、こうして酒を酌み交わすお足を都合するので精一杯だ」

「あんた、やっぱり会いに来たんだね？」

図星をさされて、彼はふいっと横を向いた。

その横顔はまだ幼さが残っているように見える。

別れを告げに来た時よりもずっと。

「こんな汚れた身体でよかったら、抱くかい？」

「抱かねえ」

彼の返事に指先がシンと冷たくなる。

ああ、ショックだったんだな。

お鶴さんは彼が好きだったから、触る価値もないと思われたことが悲しいんだ。

「俺がお前を抱くのは祝言の後だ」

「……左乃介さん？」

「左乃でいい。そんな改まった呼び方をすんな。お前だって、俺にとっちゃ菊鶴《きくづる》じゃねぇ、ただのお鶴だ」

菊鶴、というのが彼女の源氏名か。初めて聞いた。左乃介はずっと彼女のことを『お鶴』と呼んでいたから。

だがそれは彼なりの矜持《きょうじ》だったわけだ。

「俺の女房はお鶴一人だ」

彼の言葉に、涙が溢れた。

何か映画を観《み》てるような気分だ。

しかも結末がわかっているだけに、この初々しい喜びも虚《むな》しい。

「この間、遊女が身投げしたって噂《うわさ》があったんだ。身を売られたことが苦しくて、大川《おおかわ》に身を投げたって。だから金を集めて会いに来た」

左乃介は盃を畳の上へ置くと、くるりとこちらを向いた。

「死ぬなよ、お鶴」

真っすぐな眼差し。

「どんなに苦しくたって生きてろ。俺が絶対ここから連れ出してやるから」

「左乃さん」

「本当はお前を身請けするための金が貯《た》まるまでここへは来ないつもりだったが、その一言だけを言いにきたんだ。迎えに来たのに首くくられてちゃ困るからな」

「でも私はもう……」

「汚れたっていうなら湯屋でも行って洗えばいい。湯屋なら男も女も裸の付き合いだ」

……混浴？

「それを咎《とが》める野郎もいねぇよ。それと同じだ」

「でも……」

「四の五の言うならお前も飲め。せっかく温けぇ布団があるんだ。飲んで、二人で温まって寝ようぜ。昔はもっと薄い布団だったろう」

「うん」

お鶴さんは泣きながら子供のように頷いた。

会話の様子からして、彼女がここへ来てからまだ間もない頃のことなのだろう。

鏡がないからわからないが、きっとまだ彼女も幼い顔をしているはずだ。

着ているものも薄っぺらい。

彼女は、ここから遊女として格を上げてゆくのだ。ちゃんとした着物をきて、島田に立派な簪をさして、あんな蒔絵の道具が買えるほどの位に。

それは悲しいことだ。

こうして狭い部屋で客を取る程度なら、貧乏な左乃介にも彼女と会う機会はあっただろうが、格が上がれば値段も上がる。

いつしか左乃介には手の届かない遊女になり、彼等は足抜けを決意するのだ。

今、抱き合ってしまえばいいのに。

自分がそれを体感するのは嫌だが、傍観者としてはそう思った。

今なら、二人で長い夜を共に過ごせるのに。

ここから先は、会うことすら難しくなってしまうのだ。

だがタイムスリップでもして、それが伝えられたなら、絶対にそう言っただろう。

だがタイムスリップどころか、これはただの夢だから、映画を観るようにただお話が進んでゆくのを黙って見ているしかない。

二人は昔話をしながら、時に笑い、時に涙しながら、小声で話し続けた。

三千世界の鴉《からす》を殺し、主と朝寝がしてみたい。

そんな言葉がある。

この頃は、鴉は早くから騒がしく鳴く、朝を告げる鳥だった。朝が来れば別れる遊女と情夫が、全ての世界の鴉を殺してでも朝が来ないようにして、あなたとずっと過ごしたいと願う、というような意味らしい。

今の二人は、きっとそんな気持ちだろう。

楽しく過ごす夜は短い。

やがて朝が来たら、左乃介は帰らなければならない。

お鶴は見送らなくてはならない。

朝が来なければ、この楽しい時間が続くのに、と。

だが二人は見かけ通りまだ幼く、酒を入れて話し合っている間に、先にお鶴があくびをした。続いてつられるように左乃介も。

二人は笑い合って手を握り、これでも温かそうだという薄い布団の中に潜り込んだ。

「祝言をあげたら、何層も綿打ちしたお大名みたいな布団を買おうな」

可愛い夢。

叶わない未来。

「薄くていいわ。そしたら寒いから寄り添っていられるし」

その可愛い答えに、左乃介が困ったような顔で笑った。

「違《ちげ》ぇねぇ」

そして腕を伸ばしてお鶴を抱き寄せた。

「もっとこっちへ来な」

間近に迫るその顔。

まだキスする考えもないほどウブなのか、ただ近づけてきただけの顔。

「こっちへ来い」

だが続けて繰り返された言葉は、左乃介の声ではなかった。

もっと低い、大人の男の声。

聞き覚えのある声。

そして目の前に迫ったその顔は……、紅林さんの顔だった。


「うわぁ……！」

俺は久々声を上げて跳び起き、肩で息をした。

相変わらず心臓に悪い夢だ。

……いや、確証は欲しいと思っていた。

紅林さんが左乃介さんなのかどうか教えて欲しいと頼みはした。

だがこんな答え方は……。

自分がお鶴になって左乃介とイチャつくことは、キスや性行為に走らない限り我慢できるようになった。

これは映画、が我慢するための呪文で、それが功を奏していたから。

だが現実の知り合いの顔が間近に迫ると、その呪文も効かなくなってしまう。夢の世界から現実に引き戻されたようで、お鶴が自分なのだと突き付けられているようで。

できれば、耳元で『そうよ』の一言で済ませて欲しかった。

「紅林さんが左乃介さんか……」

けれどこれで確かだろう。

今の夢は、実感があった。

酒の味も、布団の感触も身体に残っている。ただの夢ではなく、お鶴さんの見せた夢だという証拠だ。

その夢の中に紅林さんが左乃介として現れた。

彼女の答えがこれなのだ。

一年以上探してきた左乃介が見つかったことは嬉しい。

これで彼女の願いを叶えてあげられるし、自分もこの夢から解放される。

だが相手が紅林さんとなると、色々難しくなりそうだ。

俺はもう一度布団に横たわり目を閉じた。

眠るためではない、考えるためだ。

たった一度会っただけでも、彼はとてもわかりやすい性格だった。

強引で、豪胆で現実主義者。自分の考えを簡単には曲げないだろうし、本人も言っていたように幽霊なんか信じない。

その彼に、もしかしたらあなたは左乃介という男の生まれ変わりで、俺はお鶴という遊女の生まれ変わりか、彼女の声を聞く者です。お鶴さんの心残りを成就させてあげるために、この印籠を貰《もら》ってください。

——と言うのか？

言って信じるのか？

絶対『少女趣味だな』と鼻先で笑われて終わりだろう。

もしくは、頭がどうかしたのか、とか、何か売りつけるつもりか、と言われるかも。

いやでも、もしかしたら、俺があの櫛を手にしたらお鶴さんを見たように、彼があの印籠を手にしたら左乃介の声を聞けるかもしれないではないか。

……ダメだ。

お鶴さんはあの品物に心を込めていた。

彼のためにと、貯めていたお金を叩《はた》いて、友人の客に畳に額を擦りつけながらお願いして、彼に渡すのをずっと待ち望んでいた。

けれど左乃介はあんな品があることすら知らないのだ。

存在すら知らないものを受け取っても、想いが蘇《よみがえ》るとは思えない。

「んー……」

寝返りを打ち、窓の外を見る。

お鶴さんが彼の夢の中にも出てくれないかな。

そしたら、彼に話がしやすいのに。

いや、それもダメか。あの人は夢はただの夢と言い切ってしまうような人だ。

もう少し彼に人の『想い』というのを理解してもらってからじゃないと、こんな不思議な話には耳を貸してくれないだろう。

「どうするかなぁ……」

俺はため息をついてまた寝返りを打った。

ずっと愛しい人を想って、幽霊にまでなった彼女のために何とかしてあげたくて。

悲しい恋の最後の最後を、ささやかな幸せで終わらせてあげたくて。

だがなかなかいいアイデアは浮かばなかった。


根付けというのは、今でいうストラップのようなもので、木や象牙、珊瑚《さんご》などで作る、小さな飾り物だ。

昔の粋な人は、凝ったものを作らせ、それを密かな楽しみとしていた。

俺も、根付けは好きだった。

手のひらに乗る小さな細工ものは、精巧で、変わったものが多かったから。

俺が好きだと知ると、おじいちゃんは好んでそれを仕入れてくれるようになり、若い人も興味を持って買ってくれるので、回転のいい商品となり、品揃えもある。

その中の選《え》りすぐりをケースに詰めて、俺は紅林さんの自宅へ向かった。

あの後、買い取り査定の結果報告をするために彼と一度だけ会った。

だが彼の仕事が忙しく、会った場所は喫茶店で、彼の部下という同席者もいた。

なので、会話は進まず、書類を渡して、品物の引き取りや金銭の支払い方法など、事務的なことを話して終わってしまった。

やきもきしたのだが、彼はまだ根付けに興味を持っていたので、俺が手伝うようになってから始めたネット販売している商品の写真を見せると、更に食いついてくれた。

「俺は骨董には詳しくないが、物の善し悪《あ》しはわかる。いい物を持ってこいよ」

と言って。

何としてでも彼と親しくなりたかったので、俺は幾つかとっておきの品物も入れておいた。

自分が気に入ってるものや、価格が非常に高いもの、だ。多分三十代だろうが、彼の若さでは通常手が出ないようなものも、あのマンションを見た後では気にする必要もない。

日曜日。

車で教えられた彼のマンションへ向かう。

あの億ションを見たのだからもう驚かないと思っていたのだが、やはり彼の自宅マンションも驚きの対象となった。

都心のハイタワーマンション。

入口にはフロントがあり、来訪を告げると受付の女性が彼に電話をしてくれ、専用のエレベーターで高層階へ。

こんなところ、一生来ないだろうと思っていた。

気分は観光に近い。

エレベーターを下りたところにはちょっとしたウエイティングスペースがあって、外を眺める窓と、休憩できる円形のソファが置いてある。

これはもう住居じゃなくてホテルだな。

教えられた部屋のインターフォンを押すと、返事はなく、ドアが開いた。

「来たか」

今日のシャツは黒か。

紅林さんは顔がはっきりしているから、シンプルな服装がよく似合う。

「時間を守るのは美徳だな」

「ありがとうございます」

「それに、今日は子供っぽくない格好だ」

Tシャツでは、あの部屋で浮きまくっていたので、今日は一応スーツを着てきたのだ。カッチリとしたビジネススーツではないし、タイもニットだけど。

「入れ」

「はい。失礼いたします」

俺は一礼してから中へ入った。

大理石の玄関にはシューズクローゼットらしい鏡張りの扉。奥へ向かう廊下には、クリムトの複製画。……多分複製だと思う。

通されたリビングは、先日のマンションより広く、モノトーンで統一されていて、彼に似合っている。

家具もごちゃごちゃとは置いてなく、オーディオの機器やテレビが一番の主役だった。

「素敵なお部屋ですね」

「こういうのが好きか?」

「自分の部屋でなければ」

「ほう、自分じゃ嫌か」

「落ち着かないです。古い日本家屋で生まれ育ってますので」

「畳の部屋?」

「はい。ここには畳はなさそうですね」

「ない」

きっぱりと言って、彼は俺をリビングに残して部屋を出て行った。

座れと言われなかったので、ソファの傍らに立って待っていると、紅林さんはコーヒーを持って戻ってきた。

「何で立ってる?」

「座っていいと言われなかったので」

「なるほど。ではどうぞ」

テーブルの上にコーヒーを置き、コミカルな動きで着座を勧められる。

いい人だな。金持ちなのに偉ぶったところもなく、明るい。ただワンマンなだけで。

「失礼いたします」

黒の革張りのソファへ腰を下ろすと、彼は何故か俺のすぐ隣へ座った。普通は向かい側に座るものだろうに。

だがその理由はすぐにわかった。

「早く見せてくれ」

俺が持ってきたスーツケースに目が釘付けだ。

「お好みの内容をはっきりとおっしゃらなかったので、私の方で選んだものをお持ちしました。お気に召さなかったらまた……」

「気に入るかどうかは見てから答える」

人の話を最後まで聞けないタイプだな。

「では」

俺はコーヒーのカップを横へ退けて、テーブルの上にスーツケースを置き、開いた。中には平たい大きな木箱が入っていて、スーツケースから出さずに箱の蓋を開ける。細かく仕切った箱の中には、根付けがずらりと並んでいた。

「ほう……」

紅林さんから感嘆の声が漏れる。

「一つずつ説明させていただきます。これは布袋と盃、こちらは髑髏《しゃれこうべ》と鼠《ねずみ》、これは月に蝙蝠《こうもり》で、これが蜻蛉《とんぼ》」

今度は話を邪魔されなかった。

俺が指さしながら説明するのを黙って聞いている。

「触っていいか？　手袋が必要か？」

「汚れた手でなければどうぞそのまま」

「手を洗ってくる」

素直な人だな。

コーヒーが手についていなければ、という程度の意味だったのに。

戻ってきた彼は再び俺の説明を聞きながら、気になったものを手に取って眺めていた。

「これは象牙か？」

「はい」

「これも？」

「そちらは水牛の角です」

「価格は？」

「一番安いものがこのカエルで一万円程度です。こちらに行くに従って高価になり、一番高いのはこの蟷螂《かまきり》と髑髏で、三十万です」

「三十？　高いな」

「本象牙で作家の銘もありますし、箱が付いてます。細工の細かさはご覧になってわかる通りですし、法外ではありません。もっとお安い、気軽なものがよろしければ年代の若い、木彫りのものをお持ちします。それでしたら、数千円からあります」

「チャチなんだろう?」

「チャチとは申しませんが、細工と呼べるほどのものではありませんね」

「仕事柄外国人に見せて喜ばれるものが欲しい。派手でなくとも、うならせられるものが」

「ではこれはどうでしょう?」

　俺は自分でも気に入っている、木彫りの小さな二枚貝のものを取り出した。

「随分シンプルだな」

　不満そうに言う彼の前で、その貝を開く。中には二匹の蟹《かに》が入っていた。

「今の紅林様のように、一見ではシンプルだと思わせておいて貝を開けて驚かすということができます」

「確かに」

　彼は暫く色々と手にとっていたが、箱の中から五つほどを取り出してこちらに渡して寄越《よこ》した。

「これを買おう」

「五つもですか？」

「気に入ったからな。お前が選んだと言ったが、趣味がいいな」

「ありがとうございます」

一つだけでも買ってくれればいいと思っていた。だが、五つもだなんて。

これはチャンスだ。

「ではサービスとして、こちらもお付けしましょう」

どうやって印籠を彼に渡すか。

考えても、考えても、彼に事情を説明して受け取ってもらういい方法は考えつかなかった。

なので、もういっそ何も説明せず、渡すだけ渡そうと決めたのだ。

お鶴さんの願いは印籠を彼に渡して欲しいというもので、彼に説明して欲しいというものではなかったから。

俺はスーツのポケットから服紗に包んだ印籠を取り出して見せると、彼に差し出した。

「どうぞ、お受け取りください」

だが、彼は印籠には全く興味を示さず、冷たく言い放った。

「いらん」

「どうしてです？　いいものですよ？」

「ものが悪くないのはわかる。蒔絵だな。だが印籠なんて、水戸黄門じゃあるまいし、使わん。使わないものは必要がない」

それは確かに。根付けはストラップやバッグチャームの代わり、中にはリメイクしてアクセサリーにする人などもいるが、印籠は潰しがきかない。

印籠本来の使い方、薬入れとしてさえ、密閉性が低いので使う人はいないだろう。

「小物入れとしてお使いになれば？」

「中に何を入れる？」

彼は買い上げると言った根付けに視線を向けたまま、訊いた。

手のひらサイズの三段分かれの印籠に入れるもの……。

「薬……とか？　本来はそういうものですし」

「薬は持たん」

「サプリ」

「も、飲まない」

「ではクリップとか」

「何故俺がクリップを持ち歩かなきゃならないんだ」

「お香を入れて鞄《かばん》の中に忍ばせるとか」

「コロンは付けるがお香は持ってない。それに、鞄の中に入れておいたら、蒔絵に傷が付くだろう」

「お部屋のインテリア」

「小さ過ぎる。どうしてそんなに勧めるんだ？　いらないと言ってるのに」

「どうしても紅林様に差し上げたいんです。ほら、いいものですし」

「いいものでも使わないものはゴミにしかならないだろう。それなら、そういうのが好きな人間にやればいい。印籠をくれるなら、そっちの蜻蛉でも付けてくれ」

「それはダメです」

商品はおじいちゃんが管理しているので、勝手なことはできない。

第一、彼が示した蜻蛉は翡翠《ひすい》でできていて、結構高いものだ。

「紅林様に、私が選んだものを持っていて欲しいんです」

「根付けを買うだろう」

「それは商品です。そうじゃなくて、贈り物として……」

彼は手にしていた根付けを戻すと、身体ごとこちらに向き直った。

「お前、最初からちょっと態度がおかしかったな」

真っすぐな視線を向けられ、ギクリとする。

「礼儀正しいのに、突然俺の手を握ったり、家に来たがったり」

「それは商売で……」

直感で生きるタイプの人は勘が鋭い。

けれど真実を告げるわけには……。

「金や仕事に興味があるというより、俺に興味があるような態度だ。ひょっとして、俺のことが好きなのか？」

随分な方向に曲解したたな。

だがそれの方が幽霊や生まれ変わりの話よりも彼が受け入れやすいかも。どうせ今日で会うのはまだ三度目、『残念だが相手にできん』の一言で終わるだろう。

「そ……、そうなんです。実は運命の恋人かな、とか」

てっきり、怪訝《けげん》そうな顔で引くと思ったのに、紅林さんは何故かにやりと笑った。

「何だそうか。それだったら最初からそう言えよ。俺もお前のことは最初から可愛いと思ってたんだ」

「は？」

「お互い大人なんだし、相思相愛なら楽しんでもいいだろう」

しまった、この人肉食系だった。

「ちょっと待ってください！」

迫ってくる紅林さんを押し止《とど》めようと腕を伸ばす。

だが、身体の大きな彼は俺の抑止の手などお構いなく押し倒してくる。

のしかかられ、ソファに仰向《あおむ》けに倒され、腕を取られてしまった。

「照れるなって。俺は上手《うま》いから安心しろ」

ケダモノの笑みを浮かべ、唇を求めて近づく顔。

このままでは本当に襲われる。そう思った瞬間、俺は叫んだ。

「ごめんなさい！　今のは嘘《うそ》ですっ！　俺はあなたを好きじゃありませんっ！」

「……だろうな」

意外なほどあっさりと、彼は俺の手を離し、身体を起こした。

「色恋の目つきかそうでないかぐらいはわかる」

落ち着いた声。

顔からはケダモノの表情が消えている。

「半べそかくくらいなら、くだらない嘘はつくな」

「わ……、わかってて……」

俺も身を守りながら身体を起こした。

彼の態度が平静に戻っても、つい身構えてしまう。それくらい、身体の大きな男に押し倒される、という状況は怖かった。

「で？　本当はどうしてそいつを俺に渡したいんだ？　正直に言ってみろ」

「正直に言っても信じてもらえないです」

「信じないかもしれないが、お前が『そう思ってるんだ』という理解は示してやるから言ってみろ」

俺が逃げているからか、彼は少し距離を置いて、座り直した。

襲ってきた時に乱れた前髪をかき上げ、さっきまでとは全然違う、寛容な笑みを浮かべる。

この人は、人の上に立つ人なのだと思った。この若さで社長になり、これだけの生活ができるだけの力量のある人なのだ。

人の嘘を見抜き、脅したり、宥《なだ》めたり、相手の言葉を聞こうとする余裕もある。

「今度は本当のことを言います。あなたが信じてくれなくても、俺は本気でそれを信じてるってことはわかってください」

「言ってみろ」

促されて、俺は正直に事実を口にした。

「これを見てください」

スーツのポケットから櫛を取り出し、テーブルの上に置かれたままの印籠の隣に置く。

「意匠を見てわかる通りに、恐らくこの二つは対のものです。櫛を女性、印籠を男性が持つのです。『恐らく』と言ったのは、この櫛と印籠が別々に俺の手元にきたからです」

子供の頃、この櫛を手にする度、一人の女性の姿を見たこと。

去年印籠が手元に来てから、その女性と情人の夢を見るようになったこと。

印籠を開き、『鶴』『左乃介』の名前も見せた。

それが二人の名前であり、彼等は貧しい町人と遊女で、男は彼女を身請けする金のために船に乗ることを決め、その前に彼女がこれを男に手渡そうとしたが、果たせなかった。

どうやらそれが心残りらしく、幽霊となって自分に囁《ささや》きかけてきているのだと説明した。

人の話を最後まで聞かない人だと思ったのに、紅林さんは黙って俺の話を聞いてくれた。

さっきの根付けの説明の時といい、聞くべき時にはちゃんと話を聞いてくれる人なのだ。

「幽霊の声が聞こえるのか?」

「はい。『あの人に渡して』とだけですが」

「何故俺がその左乃介だと思う?」

「夢の中で、彼女は左乃介の親指の根元に『入れぼくろ』という入れ墨をしました。それが俺とあなたの手にもある。だから俺達は二人の生まれ変わりじゃないかと思うんです。確信はありませんが、俺のホクロは夢を見るようになってから現れたので」

「俺は生まれつきだ」

「理屈はわかりませんが、その……、左乃介があなたの顔で現れる夢も見ました」

まさか同じ布団で、とは言えないのでそこは適当にごまかす。

「彼女はこの印籠をどうしてもその男性に渡したいんです」

「だから、男の生まれ変わりの俺に渡す、か？」

「はい」

「そういや、お前はこのホクロを見た時に『左乃介』と何度か口にしてたな」

彼は自分の手にあるホクロを見た。

「これが入れ墨ねぇ……」

「どうか、受け取ってもらえないでしょうか？　そうすればきっと彼女も成仏してくれると思うんです。お願いします」

「いいぞ」

「本当ですか！」

彼はテーブルの上にあった印籠を手に取った。

「信じてくださるんですね」

何ていい人なんだろう。喜んで感謝の目を向けそう言った俺に、彼は首を振った。

「いいや。そんな荒唐無稽な話、信じろっていうのが無理だろう」

いい人……か？

「電波だなあとは思うが、人間誰しも一つくらい欠点はあるもんだ。五城は理性的で仕事も悪くない。今回揃えた品物の趣味もいい。お前から新しいものを買ってみたい。だから、ちょっと電波が入ってるくらいは我慢して付き合ってやってもいいってだけだ」

紅林さんは、俺の話を信用してくれたいい人、ではなく。現状を自分なりに理解して対処しているだけだった。

「これを持ってるだけで満足なんだろう？　他に要求はないな？」

それでもいい。

彼が印籠を受け取ってくれるなら。

「はい。もうそれだけで。ああ、もしよかったら、今夜は身につけるぐらいしてください」

「幽霊の彼女へのサービスか」

「多分、左乃介さんが受け取ったらそうするんじゃないかと思うので」

彼は指先に紐を引っ掛け、ぶらぶらと印籠を揺らした。

「今日は外へ出る予定もないから、寝るまでは付けておいてやろう」

ズボンのベルト通しに紐を通して結び、俺を見た。

そして、まるで催眠術にかけるかのように、ゆっくりと言った。

「これで印籠は恋する男の下へ届いた。幽霊も満足だろう。だからお前はもう幽霊を見ないで済む。いいな、お前はもう幽霊は見ない」

彼は、俺が幽霊を見たことを信じてはいない。幽霊とか生まれ変わりとか、本当に全く受け入れてはいない。

でも、俺が幽霊を見てると思ってることは信じたのだ。そしてその状況から俺を救い出そうとして暗示をかけている。

やっぱり、悪い人ではない。

「ですね。俺も心からそう願います」

「根付けはまだ他にもあるんだろう？　よかったらうちで扱わせてくれないか？　外国人向けに少し取り扱ってもいい」

「そんなに大量にはありませんよ。これは選りすぐりをお持ちしたんです。数を揃えるとなると、クオリティが落ちます」

「一点ものなら数がないのは当然だ。それでも、今あるだけ見せてくれ。品物を持ち運ぶのが大変なら写真でいい」

「わかりました。何時《いつ》までにお持ちすればよろしいでしょうか。それとも、メールで送る方をご希望なさいますか？」

「うん、やっぱり仕事の話になると、きっぱりしていていいな。持ってきてくれ、五城と話すのは楽しそうだ。お前とは、商売の話をしたい」

「商売？」

「お前のとこの『しろや』で扱ってる骨董品をうちに卸す、という話だ。何でもかんでもは引き受けられないが、外国人受けのいいものはちょっと扱ってみたい」

それは嬉しい。

正直、日本人相手では『骨董品屋』という看板の格式が高いと思われて、新規のお客様、特に若い人が来店することはほぼなかった。

馴染みのお客様は高齢で、失礼ながら先がない。

俺が跡を継いでも、知識や人脈はおじいちゃんの足元にも及ばないのはわかっていた。

インターネットでは動きがあるが、一人でやってると写真を撮ったり、サイトを管理したり、発送したりと、限界もある。

だが卸しとなれば、一度に大量に商品が捌《さば》けるだろう。

「それでは、根付けの他にも対象になりそうな商品の写真も撮ってきましょう。価格帯やサイズや意匠などに条件があるようでしたらおっしゃってください」

「日本らしいもの、だな。モダンでなくてもいい。むしろ、古臭い方がいいかもしれない」

「七福神などより、自然を扱ったものの方がいいですね？　花とか昆虫や」

「そうだな」

彼は突然にっこり笑うと、俺の頭を撫《な》でた。

「安心しろ、人間誰しも一つぐらい欠点はある。幽霊の話も、時々なら付き合ってやるよ」

基本的にはいい人なのだろう。

だが俺は苦笑いしかできなかった。

だって、これは全て本当の話なのだ。決して妄想や電波ではない。

けれど、無理に彼を説得するようなことはしなかった。この人には言ってもわからない。

彼が特別なわけではなく、普通はそういうものだ。自分だって、誰かが『俺は何々の生まれ変わりで』と言い出したらぬるい笑いを浮かべてしまうだろう。

彼がそれを受け流してくれるだけでもありがたいと思わなくては。

「もう幽霊の話などしなくて済むようにしてくださいましたから、この話題は持ち出さないと思います」

だから、自分からそう言って話題を逸《そ》らした。

「うちは小物がメインですが、家具など大きな物をお望みの場合は取り扱っている同業者から仕入れてもいいですし、そちらを紹介することもできますよ」

これで全て終わり。

ここから俺と紅林さんの関係はビジネスだ、と自分に言い聞かせて。


暗い闇。

闇の中に、ちらちらと見える白い点。

点は線になり、やがてそれが荒れ狂う海を走る波だとわかる。

波は進み、走り、波頭の白い部分に兎が跳ぶ。

波頭と白い兎は、まるで競うように暗い海を走り続け、やがて走り競《くら》べに勝った兎だけが暗闇の中に残された。

それでも兎は走り、いつの間にか兎は白い着物を着たお鶴さんになった。

裾を乱し、海だか何だかわからなくなってしまった、ただ暗いだけの闇の中を走る。

そして沈んでゆく一人の男を見つけると駆け寄ってその手を取った。

「左乃さん！」

死んだように漂っていた男が目を開ける。

彼女が呼んだように、それは左乃介だった。

「お前、どうしてここへ……」

「ああ……、やっと会えた」

珍しい。

いつも見る夢で一番多いのは、お鶴さんが左乃介を待っている夢だった。

薄い布団の中で、楽しかった昔を思い出して涙したり、彼が来ると言っていた日を指折り数えて待ったり。

最初に見た、彼が船に乗ると言い出した時の夢も、三度見た。

彼女にとって客に身を委ねることは覚えていたくもないことなのだろう、幸いなことにその最中の夢を見ることはなかった。

もし見ていたら、俺はまた叫んで跳び起きていただろう。

好きな男にならまだしも、どこの誰ともわからない男に性欲のはけ口にされるなんて、あのリアルな夢では体感したくない。

もっとずっと小さな頃の夢も、何度かは見た。

二人で野山を駆け回って、花を千切って蜜を吸ったり、川で魚を捕ったり、その頃の夢は嫌いじゃなかった、微笑《ほほえ》ましいものだったから。

だが、今夜の夢は今まで一度も見たことのない夢だった。

いつもは『俺』は『お鶴さん』なので、夢の中では鏡を覗かない限り、彼女の姿を見ることはできなかった。

だが今は、こうして俯瞰《ふかん》で彼女の姿が見られる。

そうか。

これは『俺』の夢なんだ。

あの印籠を渡したことで、彼女が左乃介に会えればいいと願っていた俺の。

彼女は、まだ戸惑っている左乃介の胸に飛び込んだ。

「何だって、俺のとこへ来た？　お前は旦那と上手くやってるんじゃねえのか？」

「旦那なんていないわ。私はずっと左乃さんに会いたかった。別れる前にもう一度会えると思ってたのに会えなくて……」

左乃介は、縋り付く彼女の身体に腕を回すことができなかった。

その理由が不満そうな声で語られる。

「会いたくなかったんだろう？　……店の連中に聞いたぜ。お前はお大尽様の妾《めかけ》として身請けが決まったって。何不自由のない暮らしを得て、俺とは縁を切りたがってるって」

「そんなこと、あるわけないわ！　私は左乃さんが若い衆に殴られてるのを二階で見てたのよ。飛び出そうとしたら、押さえられて……。左乃さんが行ってしまってからも、いつか迎えに来てくれると信じて働いて……」

「身請けは……されなかったのか？」

「私を迎えにきてくれるのは、あなただけよ」

涙ながらに訴えると、彼は驚き、そして強く彼女を抱いた。

「お鶴……。俺はお前が心変わりしたとばっかり……。だからお前を忘れようとずっと努力してたんだ。お前が幸せになるなら、そいつも仕方がないと」

「左乃さんがいないなら、私、幸せになんかなれないわ」

「お鶴」

彼女は抱かれながら、袂《たもと》に手を入れ、あの印籠を取り出した。

「海へ出るって言ってたから、これを渡そうと思ってたの」

「印籠？」

「薬も入れたのよ。でもそれより……」

左乃介が印籠を受け取ると、彼女は自分の髪から櫛を抜いた。

「これとお揃いなの。たとえ死んでも、波に乗って左乃さんとこへ行けるように。左乃さんの月を目指して走っていけるようにって。やっと……」

ふいに、彼女の声が近くなり、目眩《めまい》がした。

視点が揺らいで、上下が逆転したかと思うと、俺は彼女に向かって『落ちて』いった。

「やっと……、あなたに手渡せる」

声が耳の内側から響いてくる。

俺を抱く腕を感じる。

「これでもう、迷わずにあなたに走って行ける」

俺は……、またお鶴さんになったのか？

これは誰の夢だ？

「この着物はあなたのための喪服だったの、左乃さんのためだけの」

「いいや、そいつはもう喪服じゃねぇよ」

間近で彼が笑う。

左乃介のはずなのに、その笑いは誰かに似ていた。

……紅林さんの笑い方に似てる。

そう思った次の瞬間、左乃介の顔が紅林さんに変わった。

「約束しただろう？　迎えに行ったら、祝言をあげようって」

悲鳴を上げたいほど驚いたが、身体はもう自分の自由にはならなかった。

「こんな私でもいいの……？」

「迎えに行くことを果たせなかった俺でもいいか？」

「あなたが……いい。左乃介さんがいい……」

喜びに打ち震えて再び彼の胸に顔を埋める彼女の中で、俺はパニックを起こしていた。

これは俺が見てる夢じゃないのか？　いつもの夢になってしまったのか？　最初からそうだったのか？

だったら何故左乃介の顔が紅林さんなんだ？

俺が紅林さんが左乃介だと認識したから、顔がスライドしてるなら、俺の夢かもしれない。

でも抱き締めてくる腕の生々しさは、あの夢のものだ。

「やっと、お前を抱けるな」

「いつだってよかったのに」

「男のけじめだ。女房にするまではしねえと決めたんだ。一度やったら、一日と空けてらんねえとわかってたからな」

……嫌な予感がする。

この流れは、まずい気がする。

「お鶴」

紅林さんの顔の左乃介が、俺の意識のあるお鶴さんの頬に触れた。

そして……。

「ん……」

キスされる。

いつもなら跳び起きることができるのに、彼女の喜びの感情の方が強くて自由が利かなくて、唇をこじ開けて入ってくる舌を感じた。

口の中で何かが動いている。

刺し身のトロを口の中で舐《ねぶ》り回してるみたいだ、と思った。肉感的で、濡れていて、初めての感覚だった。

これが本当のディープキスの感覚なのかどうかは、現実してみるまでわからないが、初キスが男になるなんて。しかも、左乃介のままならまだしも、紅林さんが相手だなんて。

一生忘れられないだろう……。

「お鶴」

真っ暗な床に押し倒され、白い着物の裾から手が入ってくる。

当然ながら、下着など着けていなかった。

男の指が太腿《ふともも》を這《は》い上がる。

ゾクリ、と鳥肌が立った。

「いい肌だ」

ゆっくりと、肌の感触を味わうようにゆっくりと、上がってくる。

「吸い付くようだ……」

「左乃さん……」

腰が疼《うず》く。

胸が疼く。

身体が熱くなり、期待に胸が高鳴り、『自分』ならば感じない場所から何かが溢れるような感覚がある。

まるでそれを察したかのように、指が近づいてゆく。

「お鶴」

目の前に、紅林さんの顔のアップ。

秘部に指が入り込む。

その瞬間、俺は根性で目を開けた。

「それは勘弁してください……ッ！」

またも悲鳴を上げながら……。


心臓がドキドキしていた。

身体は反応していた。

夢精にまでは至らなかったが、勃起はしていた。

目眩を感じながらも、俺はそのまま風呂場へ駆け込み、シャワーを浴びながら処理せざるを得なかった。

今のは、誰の夢だったのか。

二人が結ばれるといいな、と思った俺の希望か、印籠を渡してあの世で通じ合った彼等の魂が見せたものか。

どっちでもいいけど、俺を巻き込まないで欲しい。

せっかく二人のために努力したのに、その結果が顔見知りの男性に抱かれる夢だなんて。

だが、これで二人は結婚できたわけだし、心残りはないだろう。

これで終わり。

全部終わったのだ。

ただ、全て終わったのなら、これも消えるものだと思っていた手の入れぼくろが残っていることだけが気にかかった。

この黒い点に、意味があるのかどうかが……。


「白い喪服ってのは昔の喪服のことだな。大昔は喪服は白だったって話だ。それが黒になったりまた白に戻ったり。今、白い喪服を着るっていうのは『二夫に見えず』とか『両夫に嫁さず』とか言って、以後誰とも結婚しませんという意思表示だよ」

あの夢が、自分のものか、彼女のものか悩んで、俺はおじいちゃんに訊いてみた。

女の人が白い喪服を着ることなんてあるのか、と。

もし現実にそういう風習がないのなら、俺が彼女に白無垢《しろむく》を着せてやりたかった願望なのだと思えるのではないかと思ったのだ。

けれど答えはがっかりするものだった。

自分の知らない風習が夢の中で行われていたということは、却《かえ》ってあの夢が彼女の夢だったと証明してしまったようなものだ。

「昔は、白無垢で嫁いで、それを仕立て直して喪服にする、ということもあったらしいぞ。だがどうしてそんなことを?」

「いや、ただ、ちょっとそんな話を聞いたから。そういうことがあるのかなって」

「今は知らない人の方が多いんだろうねぇ」

今まで、夢のことは全くと言っていいほど誰にも言わなかった。

どんな夢を見ているかは当然として、その中で語られたことなども。わからなければ自分で時間をかけて調べていた。

だが今回は、どうしても早急に知りたかったのだ。

ネットで調べればよかったのに、それすら考えつかないほど、焦っていたので。

だって……、あの祝言の夢を、俺はもう三日も続けて見ていたのだ。

暗い海を走る兎の部分は最初の日だけで、それがまた『もう見つけた』という証しみたいで嫌だった。

プロローグがカットされると、本編がすぐに始まるってこと。

昨日、一昨日《おととい》の夢は、暗い部屋に紫色の厚い布団が敷かれていて、その傍らで二人が酒を酌み交わし、コトに及ぼうとして……、俺が力業で目を覚ました。

けれど、いつまで抵抗できるのか。

睡眠時間はとっているが、安眠できないからいつも眠い。

もし起きる気力がなくなってしまったら、俺は紅林さんの顔をした左乃介に、女として抱かれてしまうのだろうか？

考えるだけで寒気がする。

自分として、男として抱かれるならまだしも……、いや、それも嫌だが、とにかく、女性として抱かれるのだけは死んでも嫌だった。

ものの本で読んだけれど、女性の快感は男性より強くて、もし男性が女性の快感を感じることができると失神してしまうほどらしい。

それを自分が体感する？

しかも自分が愛する人が相手ではなく、見ず知らずの男に、自分ではなく『お鶴』という女性の身代わりとして？

……ありえない。

確かに、紅林さんはいい男だった。

同性の自分から見ても、魅力的だと思う。

だがそれとこれとは別だ。

俺は少なくとも、自分の好きな人と『初めて』を迎えたい。

どうやったら、この夢は終わるのだろう？

二人が上手くまとまったから、これから先ずっとこの夢を見続けるのか？　そんな酷い。

どうしよう……。

考えれば考えるほど、ため息が止まらない。

人間、眠らないわけにはいかない。

眠ってしまえば、夢をコントロールすることなどできない。

となるとあの夢から逃れる方法がない。

いい夢だ。

悲しい別れを迎えた恋人達が、誤解を解いて再び手を取り合うという、仲睦《なかむつ》まじい夢だ。

他人事《ひとごと》ならば。

それを無関係の自分が体感するのは……。

昼食を終えて蔵の整理をしながらまたため息をつくと、携帯電話が鳴った。

誰だろうとポケットから取り出して画面を見ると、相手は紅林さんだった。

電話ではなくメールだったのに、今はその名前を見るとギクリとする。

関係ない、関係ない。彼は左乃介のことも知らないし、俺をどうこうしようという気もない人だ。

落ち着け、自分。

メールは、至急会いたいので商品の写真を持って夕方自宅に来てくれというものだった。

仕事の話だ。

きっと、この前言っていた外国のお客様に見せるか何かするのだろう。

彼はこれからの『しろや』にとって上客になるだろう。夢などで逃すわけにはいかない。写真は既に撮り溜《た》めてあるから、対応できる。

俺はすぐに、それでは今夜伺いますと返信し、店へ戻った。

「おじいちゃん、今夜紅林さんのところに行ってくる」

おじいちゃんは店に続く座敷でタバコを吸っていた。

「そうかい。頑張っといで」

彼に、夢の話が相談できれば、少しは楽になるのだろうか？

いや、内容が内容なだけに、気づいてないなら知らせたくない。

俺はまたため息をついた。

「何だい、身体の具合でも悪いのかい？」

「ううん。仕事上手くいけばいいな、と思っただけ」

「はは……、大丈夫だろう。気に入られたんだろ？」

「そうだね。上手くいくことだけ考えておくよ」

笑って答えながら、俺はまたため息をついた。

半分、欠伸《あくび》になった吐息を。


蔵から今すぐ売りに出せる根付けと、実際使えるものがいいという感じだったので、食器やお弁当箱、タバコ入れなどの写真を入れたタブレットを持って、俺は紅林さんのマンションへ向かった。

入口で来訪を告げ、エレベーターで上へ。

玄関の前に立つと、インターフォンを鳴らす前に、彼がドアを開ける。

「お呼び戴きまして」

「入れ」

「はい」

相変わらずせっかちな人だ。

「コーヒーでいいな?」

おや、珍しい、訊いてくれるのか。

「それとも、酒にするか?」

「いえ、コーヒーで」

「そうか。俺は酒にするが、いいか?」

「はい」

俺はリビングに通され、彼はキッチンへ。

すぐにコーヒーの入ったカップと、酒のビンと氷の入ったグラスを持って戻ってくる。

彼はまた、向かい側の席ではなく、俺の隣へ座った。

でも、写真を見るためならこの方がいいか。

「本日は、お品物は後日でもいいということでしたので、写真の方だけお持ちいたしました」

「ああ、そいつは口実だ」

「口実?」

食いついてくるかと思ったのに、彼はあっさり言った。

「五城と話がしたかったんだ」

「私と……、ですか？　何でしょう。取引を個人的じゃなく会社でとか？」

「いいや」

彼は服のポケットから印籠を取り出すと、それをテーブルの上に置いた。

「お前の話に感化されたわけじゃないと思うが、こいつをもらってから俺も夢を見るようになってな」

……え？

「夢って……」

「遊女と左乃介って男の夢だ」

「本当ですか？」

思わず身を乗り出す。

「ああ。だが、お前の見た夢と同じかどうかはわからんな」

「どんな夢だったんですか？」

彼は一拍間を置いてからにやりと笑った。

「まあ色っぽい夢だ」

「色っぽい？　キスしたりするってことですか？」

「それだけじゃない。白無垢の帯解いて、身体に触れて」

白無垢？

　身体に触れるって。

「これからいざやろうって時に、ふっと腕の中から女が消える。こっちは臨戦態勢だってのに、対象がいなくなっちまうと消化不良でな」

　それって、三日前からのあの夢？

「しかも、最初は日本髪の楚々《そそ》としたいい女なんだが、途中からそれがお前に変わるんだ」

「ぎゃーーッ！」

　俺は頭を抱え、声を上げ、立ち上がった。

「おい、五城？」

「違ーう！　俺じゃない。俺じゃありませんから！」

　彼が見た夢が俺が見たのと同じなら、左乃介の名を呼びしなだれかかり、ディープキスして歓喜に震え、脚を撫でられ、さらにその奥に……。

　それを俺の顔で見てたってことだ。

　自分には見えなかったが、お鶴さんはきっと色っぽく喘《あえ》いでいただろう。左乃介が紅林さんの顔でにやついていたように。

　俺の顔。

俺の顔で。

「大丈夫か？　お前、真っ赤だぞ？」

当然だ。

羞恥に赤面するに決まってる。

「違いますから。俺じゃないですから。俺は嬉しくも何ともなかったんですから。あれはお鶴さんなんですから！」

「俺がどんな夢を見てたかわかってるみたいな口ぶりだな」

「いや、わかりません。わからないけど、俺じゃないんです」

「……お前、面白いなあ」

紅林さんは、破顔してから声を上げて笑った。

「態度に出てるぜ。同じ夢を見てたんだ。そうだろう」

「……う」

「でなきゃ、前にこんな夢を見てましたと説明してたお前が、わからないと否定するわけがない。否定すりゃ否定するだけ、『同じ夢見てました、恥ずかしいです』って言ってるようなもんだぞ。内容がわかってなけりゃ、赤面するはずがないもんな」

「それは……」

「だがそうか、よかった」

　よかった？

「お前の話に触発されて、自分が見た夢かもしれない。だとすると、俺は五城を抱きたいのかと思ってた。だが違ったんだな」

　彼は持ってきた酒のグラスを置いて、コーヒーを取りに行き、戻ってきた。

　呑《の》まないなら、どうしてお酒を持ってきたのだろう。

「五城のことは気に入ってた。顔は好みだし、仕事の態度もいい。だからお前に惚《ほ》れて、欲求不満で夢をみたのかと思った。だからお前に会ったら、告白する気になるのか、と心配した。だが、笑えてよかったよ」

　俺の視線がグラスに向いているのに気づくと、指でグラスを弾《はじ》き。

「もしそうだったら、さっさとお前を帰して酒で気分をごまかそうと思ってた。色々考えなきゃならない、とな」

「紅林さんが考えるんですか？」

「そりゃ、考えるさ。男だ女だというのは別として、お前とはまだ会ったばかり。なのにヤる夢を見るなんて、どんだけ惚れてるのかと思うだろう」

「男でもいいんですか？」

「別に」

彼はしれっとして答えた。

「好きになったらどっちでもいいさ。俺はバイだから」

その答えに思わず引いてしまう。まさか、全方向肉食とは。

「ただ相手の気持ちは尊重するから、安心しろ。それと、お前もあの夢を見てたと認めるなら、お互いその気がないと思ってやる」

「認めます」

「即答だな。まあいい。もう一度、ちゃんと話をしよう。お前も、俺も、同じ夢を見た。ということは、あれは俺達個人の夢じゃなく、ある意味現実だったってわけだ」

「現実？」

「俺と五城にとって、じゃなく左乃介と遊女にとっての」

「お鶴さんです。できれば名前で呼んであげてください。その仕事は、彼女にとって喜ばしくないものなので」

死んでまで、遊女という身分に縛られるのは可哀想《かわいそう》だ。

「優しい心遣いだな。いいだろう、その左乃介とお鶴にとっての現実だということだ。ただ二人が身体を持っていないというだけで」

「どうしてそう思うんです？」

彼の落ち着いた態度に、自分も平静を取り戻し、ソファに座ってコーヒーに手を伸ばす。叫んだので、喉が少し痛かったから。

「二人で見たからだ。お前がお鶴の夢を見ていた時は、お鶴が過去を振り返っていたと言っていいだろう。一方の左乃介は女に裏切られたと思って全てを忘れていた。だから俺は過去を振り返らず、夢も見なかった」

彼は分析するように語った。

「だがあの印籠が俺の手に渡り、それがお鶴からのものだとわかって、左乃介の意識が目覚めた。お前の話を聞いたからか、あの印籠に彼女の気持ちが籠もっていたからか、それはわからないが」

その静かな声は、いつものせっかちな態度とは違っていた。

きっと、彼は仕事の時もこうなるのだろう。緩急をつけて話す。いつもが慌ただしいから、静かな言葉は余計に重みを増す。

「取り敢えず、ホクロの件を考えて、俺達があの二人の生まれ変わりだったとしよう。信じるわけじゃないが、それを受け入れないと話が進まない。第一、似たような夢を別々に見るならまだしも、同じ夢を同時に、の説明がつかなくなる」

「はい」

「そこで質問だ。恥ずかしがらずに答えてくれ。五城が見た夢は、最初の夜は海の中で漂う俺の手を摑んで引き上げるところから始まり、後は暗い部屋に紫色の厚い布団が敷かれていて、酒を酌み交わしながら抱き合う、だな？　俺は縞の黒っぽい着物で、お前は白い着物。喪服とか、白無垢とか言ってたが」

「はい。昔は喪服は白だったそうです。それが通例でない時代だったとしても、白い喪服は再婚しないという意思表示だそうで」

「へえ。それじゃきっと女の死に装束がそれだったんだな」

「そうでしょうか？　遊女の死に装束にしては立派な気が……」

「仲間が調えたんだろう。だからその櫛と印籠が無事だったんだ」

「……というと？」

彼の言いたいことがわからず問い返すと、紅林さんは身を乗り出し、テーブルの上の印籠を指さした。

「そいつは現代でもまああの価値がありそうな品物だ。見つけた人間の考えることは二つ、死んだ女の柩《ひつぎ》に入れてやるか、売り払うか、だ。棺桶《かんおけ》に入れれば流通しない、ということは売ったと考えるべきだろう。そいつを売れば着物の一枚くらいは手に入れられる可能性はある。

多分、他にも売れるものもあったろうしな」

なるほど。

「一方の俺は縞の着物だった。夢の中だから妄想でいくらでも着替えられるなら、祝言だと言ったんだ、男も紋付き袴《はかま》ぐらいにはなっただろう。そうでないということは、あれは男が死んだ時に着ていたものだと考えられる」

凄《すご》い。

この人はあの夢を見て、そんなことを考えていたのか。うろたえるだけだった俺とは違う。

「左乃介はお鶴の死に装束を知らなかった。お鶴もそうだ。だがいつも同じ着物で会うということは、それが固定されたものということになる。だから、あれが二人の死に装束だという考えだ」

俺はもうすっかり彼の言葉に聞き入っていた。

何となく状況を受け入れていた自分と違い、彼は理解し、解析しようとしていたのだ。そして理路整然と説明してくれる。

「あれは夢ではなく、二人の魂が……、そんなものがあるとしたら、だが。魂が生み出した妄想だ。生きて会えたらこうしたい、という。妄想が現実というのも変な話だが、現在進行形という意味で、あれは現実だ。再会し、意思の疎通ができて、互いの誤解が解けたら欲が出て、結婚したいと思ったんだろうな」

「それで、どうしたら夢は見なくなるんでしょうか?」

俺は期待を込めて訊いた。

ここまでわかってるなら、何か策があるのではないかと。

「解決策を想像することはできる。だが、それが正解かどうかはわからないな」

「何でしょう」

大きく膨らんだ俺の期待は、次の瞬間萎《しぼ》んでしまった。

「セックスだ」

「せ……」

「添い遂げたくてあの夢を見るのなら、祝言の三々九度を交わして、思い違いを正したところで終わってるだろう。それなのにしつこくあの夢を見るってことは、心だけじゃなく身体も繋がりたいと思ってるんじゃないか?」

「でも二人にはもう身体が……」

「夢の中でなら身体もある。だがどうしたことか、いつも女の方が消えてしまう。それを何とか最後までさせてやったら、或《あ》るいは……」

「絶対嫌ですっ!」

「五城？」

声を上げた俺に、紅林さんは意外そうな顔を見せた。

「その案はナシで」

「どうして？　成仏して欲しいんだろう？　他人のセックスを見るのが恥ずかしいとか？　だがＡＶだと思って……」

「とにかく、嫌です」

「俺もあの夢を見続けるのは困るんだ。早く見なくて済むようになりたいだろう、我慢しろ」

「あなたはいいかも知れないですが、俺は困るんです」

「五城」

低く咎める声。

ドスがきいてる、というのか、ただ名前を呼ばれただけなのに背筋がピリッとする。

「理由を言え。お前だけの問題じゃないんだ、俺にも納得させろ」

怒られても、言いにくいことは言いにくいのだ。

第一、何と説明すればいいのか。

ジロリと睨《にら》まれ、視線を落とす。

「ＡＶ、観たことないのか？」

「……あります」

「童貞か？」

暫く迷ってから、俺は蚊の鳴くような声で「はい」と認めた。

「その年で？」

真実驚いたという声に顔が赤くなる。

「だがAVを観たことがあるなら、儲け物だと思って鑑賞するのも悪くないだろう」

「嫌です」

「ひょっとして、お鶴に惚れてるのか？　だから彼女が他の男に抱かれているのを見たくないとか？」

「違います」

「じゃ、どうして？　結構リアルな夢だ、金も払わず女を抱けるみたいな……」

そこで彼ははたと気づいたように言葉を消した。

「……そうか、お前は抱かれる方か」

さらに顔が熱くなる。

「つまり俺がお前に触れてるようだと感じた時は、お前は俺に触られてると感じたわけで、セックスするとなると……」

「それ以上言わないでください」

この人なら即物的な言葉でそれを表現するだろうとわかっていたので、慌ててその口を押さえた。

口を押さえられたままの彼の目が俺の行動に驚いて丸くなり、そのまま憐憫《れんびん》の表情に変わった。

手が伸びて、俺の肩を軽く叩き、そっと口にあった手を剥がした。

「童貞でそれは確かに嫌だろう。……泣くな」

「泣いてませんよ」

「半べそかいてるぞ」

「泣いてません」

「まあ……、そうだな。うん、泣いてない、泣いてない」

子供にするように、彼はまた俺の頭を撫でた。

「五城は幾つだ？」

「二十四です」

「女の子と付き合ったことは？」

「それはありますけど……」

「女性を相手にしなかったのは、身体的に何かあるとか?」

「ありませんよ。古い日本家屋の実家住まいで、地元はみんな顔見知りの古い店だから、と言えばわかってくれますか?」

言いながら、高校の時のことを思い出した。

俺にも彼女はいたのだ。

だが、外を歩けば『しろや』の正希くんが彼女を連れてると言われ、家に呼べば声が筒抜けになり会話が途切れたタイミングにお茶が出される。

そんな中で何ができるというのか。

大学の時に終《つい》に堪《たま》り兼ねて防音にしてもらったから、今、夜中の悲鳴で家族を起こすことはなくなったが、その時にはもう家に連れてきたいという付き合いの女性はいなかった。

「それは可哀想に。いつか彼女ができたら、俺のセカンドハウスを貸してやるよ」

「もう買われたんですか?」

「いや、まだだが、お前もまだ彼女はいないんだろう?」

「今は」

一度も彼女がいなかったと思われたくなくて、少し見栄を張る。

「可愛い顔をしてるんだから、すぐにできるさ」

「慰めていただかなくても、作れないわけじゃないですから。ただ、今は骨董のことを学ぶのに専念しているだけです」

「そうか……、彼女はいないのか」

だが俺の言葉は彼に届いていないかったようだ。

紅林さんは何かを考えるように視線を遠くに向け、それからいいアイデアが浮かんだ、というように目を輝かせた。

「五城が嫌がるのは、穴に突っ込まれる感覚を味わいたくないからだろう？」

……油断していて、言わせてしまった。その言葉を聞きたくなかったのに。

「突っ込んだこともないのに突っ込まれるのは確かに……」

「紅林さん」

今度は俺が怒りを見せる番だった。

「そういう表現はやめてください」

睨みつけると、反省したように目を逸らす。

「ああ、うん。まあとにかくそういうのが嫌なんだろう？　だが男としてならどうだ？」

「男として？」

「女の身体の……、そういうところに男が入って来る感覚を味わうのが嫌だというのは理解できる。もし立場が反対だったら、俺だって断固拒否する」

紅林さんが力強く言ってくれたので、こちらの気持ちを理解してくれたことがわかった。よかった。それじゃ夢を最後まで、という案はこれで消えただろう。

「だが、男としてエクスタシーを迎えるのなら我慢できるんじゃないか？」

「は？」

「つまり、だ。五城の身体でセックスして満足したら、それで終わるんじゃないかと言ってるんだ」

「紅林さん、誰としてもいいというわけじゃないでしょう。お鶴と左乃介の話ですよ？」

「そうだ、だから俺とするんだよ」

「……は？」

いいアイデアだろうという顔に口が歪《ゆが》む。

「意味がわかりません」

「つまりだな、お鶴が印籠を渡したかったのは左乃介だ。だが現実受け取ったのは俺だ。生まれ変わりの男でも、十分希望を叶えるということがわかった。だから、俺とお前でセックスをすれば、それでも十分なんじゃないかと言ってるんだ」

「俺と紅林さんが？　あり得ません！」

「俺は上手いぞ」

「上手い下手の問題じゃありません。どっちにしたって俺は女性になるってことでしょう。抱くのも初めてなのに抱かれるなんて……」

「抱くとは言ってない」

「でもセックスするって……」

「インサートはなしの、触りっこだ。俺は満足できないかもしれないが、お前だけでもイケばいいんだろう。二人の気持ちが一つだから、俺達が同じ夢を見るんだ。片方だけでも満足すれば、そっちは夢を見なくなる」

「でもそうしたら紅林さんは……」

「お前が中に入ってなけりゃ、俺は思う存分左乃介として女の身体を味わうさ。そうすりゃ左乃介も満足する」

彼の言葉は説得力があって、理屈も通ってる気がするから困る。

まるで今のが正しい考えのような気になってしまう。

「でも……」

だからと言って、すぐに頷けない。

「俺には理性がある。何が何でも五城が抱きたいってわけじゃない。問題を解決するためにしようと言ってるだけだ。だから、途中でお前が我慢の限界だと思ったら止められる。その後は、交替でトイレに駆け込んで処理すればいいさ」

もしも、彼の想像が当たっているなら、あの夢は二人が合体するまで続くのだろう。

毎晩、愛を囁かれながら、紅林さんの顔でキスされ、自分のものではない喜びに震え、身体を撫で回される日々がずっと続くのと、今一度だけ彼に触れられるのとどちらがいいのか。

エクスタシー、ということは射精するまで、ということだよな？

この人にそれを見られる。それは嫌だ。

でも、紅林さんは俺よりも大人で、色んな経験をしてるみたいで、俺に触れるぐらい何とも思っていないようだ。

本人が言ったように、俺を抱きたいと思っているわけではないだろう。恋をするには俺達は出会ったばかりだし、彼はそういう相手に不自由はしていないと思うし。

途中でも止められる、と言うなら本当に止められるのだろう。彼ならば。

でもこれが俺の初めてのベッドインになるのだ。

恋をしていない相手とのベッドインに。

ぐるぐると悩んでいると、紅林さんの手が、俺の手を握った。

ビクッとして身体を引くと、彼は優しい顔で微笑んだ。今まで見たことのない顔で。

「大丈夫だ。優しくしてやるから」

「そういう問題じゃないです……」

「じゃ、学生時代の軽いノリくらいに思えばいい。体育会系の飲み会じゃ、宴会芸でギアチェンジとかやるらしいぞ」

「ギアチェンジ？」

「つまりアソコを他のやつがギアレバーとして握って……」

「わかりましたから、説明はいいです」

「そのくらい、同性に握られるなんてのは特異じゃないってことだ。何なら、先輩の手ほどきくらいに思っておけばいい。五城の性体験としてはノーカンだ」

まだ迷っていると、彼は最後の一言を口にした。

「いつか、夢を阻止できなくなって、穴に突っ込まれながらヒイヒイ言う日が来るのを待つなら、何も言わないが」

左乃介相手ならインサート。

紅林さん相手なら、触りっこ。

「どうする？」

究極の選択だが、答えは一つしかなかった。

「……せめて、お風呂を使わせてください」

男としての最後のプライドを守る方しか……。


ジャグジー付きのお風呂を借りて、全身くまなく洗ってからバスルームを出ると、服の上にはシルクのガウンが置かれていた。

色は淡いクリーム色だが、前で合わせて紐《ひも》で結ぶところが、着物のようだと思った。

夢の中の状況に合わせようというのかもしれない。

ちょっと悩んでから、下着をつけず、そのガウン一枚を羽織ってリビングへ戻る。

紅林《くればやし》さんも、ガウンに着替えて座っていた。

「これ、着物の代わりですか?」

恥ずかしくて、何か言わないと、と思って訊《き》いてみる。

「ああ、雰囲気出すのには着物の方がいいかとも思ったんだが、生憎《あいにく》うちにはなくてな」

彼の声は落ち着いていた。

さっき会話していた時と何の変化もない。彼にとっては、これは特別なことではないのだ。

でも今は、彼のその慣れた感じに安心できた。

「ベッドルームはこっちだ。紫の布団もないが、一応ベッドカバーで紫色っぽいものをかけておいた」

通された部屋は、白木の壁に囲まれた落ち着いた雰囲気で、ベッドヘッドの壁には大きな丸い鏡が飾られ、窓際には小さなテーブルと椅子のセットが置かれていた。

もちろん、藤色のカバーがかかったベッドはキングサイズだ。

「ホテルみたいですね」

「落ち着かないか?」

「少し。私の部屋は純和風なので」

「『俺』でいい。さっき興奮してる時は自分のことを『俺』と言ってたぞ。『私』は仕事用だろう」

「すみません、お客様に対して……」

「今はいいさ。客じゃなく、運命共同体だ。それとも、今だけは『私』の方がいいのかな? 女を演じるわけだから。ま、どっちでもいい」

ベッドカバーを捲《めく》ると白いシーツが広がる。

気後れしていると、彼が背中を押すから仕方なくベッドに上がって正座する。

「ウブだなぁ。本気で可愛《かわい》くなってくる」

「く……、紅林さん？　止《や》めてって言ったら止めてくれるんですよね？　詭弁《きべん》じゃないですよね？　俺、男として紅林さんの自制心を信じたからこの話に乗ったんですよ？」

「信用してろ。可愛いと思うからこそ、ちゃんとセーブしてやるから」

肉食系の彼と、落ち着いたビジネスマンの顔を持つ彼と、どっちを信用するべきだろう。

「いくら何でもこの部屋と夢の中の部屋が同じとは言えないし、五城《いつしろ》も他人のペニスなんぞみたくないだろうから、明かりは消してやろう」

男同士だからいいんだけど、どうしてこう言葉遣いにデリカシーがないかな。

でも明かりを消してくれる、というのはありがたい申し出だった。

「真っ暗がいいか？　少しは顔が見えた方がいいか？」

「真っ暗で」

「じゃ、おとなしく横になって待ってろ。でないと、俺がベッドに上がる時に膝蹴りするかもしれないぞ」

緊張して横になれない俺のためにか、彼は笑いながらそう言い、枕元のサイドテーブルの引きだしからコンドームを取り出した。

「入れないんですよね！」

「ああ、コレか。イッた時にザーメンが飛び散らないように、お前のに被《かぶ》せとくんだ。ティッシュを充てるまで我慢できるかどうかもわかんないだろう？　付けたことは？」

「ない……です」

「勃起したら液溜《えきだ》まりの突起がある方を上にして充てて……。いやじゃなかったら、俺が付けてやるが？」

もう身体《からだ》中が熱い。

感じてるわけじゃなく、恥ずかしくて。

「お願いします」

厚いカーテンが閉められる。

壁のスイッチの音がして、部屋が暗闇に沈む。

慌てて横になり、彼を待つ。

紅林さんの気配がして、衣擦《きぬず》れの音がした。

ベッドは高級だからなのだろう、彼の体重を受けても沈むことなく、彼が隣に来るまでわからなかった。

「これが祝言だ、『お鶴《つる》』」

芝居に入ってるのか、彼は俺を『お鶴』と呼んだ。

「は……、はい」

「緊張するな。俺がリードするから」

「紅林さん、外来語は……」

「お前も、『紅林』と呼ぶな。じゃあ、えーと……、俺が先導するから？　とにかく、お前はマグロでいい」

『マグロ』という言い方も当時は使ってなかったと思うんだけど、あまり文句を言わない方がいいだろう。

「夢の中じゃ、裾を捲って脚からだったな」

言いながら、手がガウンの裾を割って入ってくる。

すぐに局部を目指していた左乃介《さのすけ》の手と違い、彼は腿《もも》の辺りを撫《な》で、脚を絡ませてきた。

「お前、臑毛《すねげ》ないな」

「くれ……、『左乃介』さん、女性に臑毛はありません」

「女にだってあるやつはいるさ。みんな処理してるんだ」

「そうなんですか？」

「童貞だなぁ……」

「『左乃介』さん」

「ああ、悪い」

暗闇の中、俺はあの夢を思い描いた。

お酒、飲んでおけばよかっただろうか？　あの時、お鶴さんは日本酒に口を付けていた。

布団の感触とベッドの感触は違うけれど、きっとあの紫の布団は二人が言っていた中綿をたくさん重ねた布団だ。そんなものに寝たことがない二人だから、ベッドの寝心地のよさをそれだと思ってくれるだろう。

太腿を撫でていた手が、少しずつその範囲を広げる。

股間には男性器があるから避けて通り、腰骨の辺りに移動する。

湯上がりの肌の上、指は優しく滑ってゆく。

夢の中で触られた時、左乃介の指はゴツゴツとしていた。肉体労働者のそれだった。でも紅林さんの指はなめらかだ。

いけない。

紅林さんだと意識しないで、これは左乃介だと思わなくちゃ。

前の夢で見た、船に乗ると告げに来た夜のことを頭に浮かべる。

暗闇のスクリーンに、記憶を映画のように投影する。

彼女の身体に入って、彼女の意識や感覚を味わうことができたのだから、きっとその逆もできるはずだ。

お鶴さん。

俺に触れる手は『左乃介』だ。だからその手を味わってくれ。そして、成仏してくれ。

「……あ」

指が脚の付け根に触れる。

でもまたすぐに離れる。

ドキドキして、心臓の音がうるさい。

「勃《た》ったら言えよ？　ゴム付けるから」

「……今のでちょっと萎えました」

「初めては難しいな」

腰紐が解かれる。

ガウンの襟元から手が滑り込む。

胸を探られてくすぐったい。

男だから膨らみはないいんだけど、いいんだろうか？

と思っていると、指が胸の先、乳首を摘《つ》まんだ。

「……うっ」

紅林さんは本気モードで、躊躇《ちゅうちょ》がない。

しかも本当に上手《うま》い。

比べるものがあるわけじゃないけど、触り方がいやらしい。

乳首を摘まんだ後は、ゆっくりと揉《も》んで、弄び、先だけを撫でる。

「あ……」

女性は乳房を揉まれる方が感じるんだろうか？　女性も、先だけを弄《いじ》られる方が感じるんだろうか？

「『お鶴』」

また彼が名前を呼ぶ。

「ずっと、お前を悦《よろこ》ばせてやりたかった」

それっぽいセリフだ。演技も上手いなぁ。

「嬉《うれ》しい……」

恥じらいながら、俺も付き合ってお鶴さんが言いそうなセリフを口にした。

「他の男よりいいだろう？」

また紅林さんってば。彼女の過去は口にしない方がいいって言ったのに。

「今そんなこと言わないで。これが初めてなんだから」

「悪いな。嫉妬だ」

ん、ナイスフォロー。

「俺が初めて味わう肌を、他の男が味わったかと思うと、腹が立つ」

摘まれていた乳首に強く力がかかる。

「痛っ」

「お前の身体に、俺の、俺だけの痕を残してやろう」

胸に触れる唇。

吸い上げられてチクリとした痛みが走る。

唇はすぐに移動して、胸を舐《な》めた。

「あ……」

ゾクリとした感覚。

快感だとわかる痺《しび》れ。

「お前は俺のもんだ」

「左乃……さん……」

舌が胸を嬲《なぶ》り続ける。

芽生えた快感は全身に広がり、四肢が意思と関係なく痙攣《けいれん》する。

男としては、まだモノに触れられてもいないのに。

身体の中心に炎が灯《とも》る。

炎は身体を燃やし、熱くする。

紅林さんが胸を吸い上げ、軽く先を噛《か》む。

その瞬間、ゾクッとして頭の中が真っ白になったかと思うと、まるで薄い紙に火が着いたようにその炎が全身を駆け抜けた。

「あ」

さっきまでとは違う快感に身体が疼《うず》く。

「『いい……っ、もっと……』」

俺の言葉じゃない。

でも、俺の声だ。

「ここか?」

胸が吸われ、吸った口の中で舌に先が転がされる。

吸い付ける音がチュッ、チュッと聞こえて、恥ずかしさに身を捩《よじ》った。

「『あ……、あぁ……』」

砂に零《こぼ》れた水が、一滴も残さず吸い込まれてゆくように、じわりと生まれてくる快感が身体を浸す。

頭が、朦朧《もうろう》としてきた。

恥じらいも困惑も、快感に押し流されてゆく。

「お鶴」

胸を舐《ねぶ》っていた舌が、肌を濡らしながら上がってくる。

首を這《は》い、顎を濡らし、口元にたどり着く。

「『ん……』」

舌が口の中へ差し込まれ、自分の舌と絡み合った。

口を開き、もっと絡むように迎えると、彼の舌はこちらの舌を舐めた。唾液の立てる音が耳に届き、いやらしさに脚の間が疼く。

早く、そこに触れてほしいという欲が出る。

「『左乃さん……。あ……ン……っ』」

腕を伸ばして彼の逞《たくま》しい身体に抱き着く。

大きな身体は脚の間に移動し、口づけしながら着ているものの襟を大きく開いた。

「『あ……』」

手が胸を撫でる。

撫でた手が脇腹を滑り、腰で止まる。

「いいな？」

「『うん……』」

やっと抱いてもらえる。

やっと繋《つな》がれる。

この人に求められて、愛してもらえる。

「『早く欲しい……』」

「俺もだ。もうたまんねぇよ」

膝の裏に手が回り、左の脚が持ち上げられ、彼の肩に担がれる。

内股を撫で上げられ、その場所に触れられる。

そして指が中に………。

「お鶴！　お前『ほと』がねぇ！」

そして俺のモノが強く握られる。

「これは……！」

「痛ッ！」

硬くなっていたモノを握られた痛みに、それまで身体を包んでいた快感が消えた。

と、同時に意識も戻った。

枕元の明かりが点《つ》く。

オレンジ色の光に、呆然《ぼうぜん》とする紅林さんの顔が浮かぶ。

「……五城？」

「はい。……紅林さん？」

「ああ」

彼は全裸でベッドから飛び降りると、部屋の明かりを点けた。ベッドランプよりも煌々《こうこう》とした光に照らされ、眩《まぶ》しさに細めた目に洋風の部屋が飛び込む。

「今のはナシだ。いや、これからもこの方法はナシだ。『俺』なら我慢してやれるが、『左乃介』じゃ無理だ。いつかお前のオカマを掘るかもしれない」

「……そうですね。俺も、『俺』は嫌ですけど、『お鶴さん』だとそれでもいいって言ってしまうかも」

口にしながら、背筋を寒いものが走った。

危険過ぎる。

もし彼の探る指が俺の後ろの穴に辿《たど》りつき、それを女性器と間違えたら。いや、左乃介も遊んでる男だろうからそんなバカみたいな間違いはしないだろう。そこでもいいやと思ったら、という危険の方が大きい。

そうしたら俺は……。

考えただけで、またゾクッとする。

「使え」

呆然としている俺に、紅林さんがティッシュボックスを投げた。

「ゴミ箱はそこだ。俺は風呂に行ってくる。お互い終わったらリビングへ集合だ。出てくるまでここには立ち入らない」

「俺、服がまだ脱衣所に」

「持ってきてドアの外に置いておいてやる」

脱いだガウンを纏《まと》い、紅林さんは寝室を出て行った。

足早に歩く彼のガウンの合わせから頭を持ち上げた立派なモノが見えた気もしたが、見なかったことにした。あんなのが自分にどうこうしてたら、と考えるだに恐ろしい。

「勘弁して……。諦めてよ、お鶴さん」

出会えただけでいいじゃないか。印籠を渡して、誤解を解いて、それでいいだろう。もう身体はないのだから。これは俺の身体なんだから。

「俺の気持ちも考えてよ」

情けない気持ちでいっぱいになりながら、俺はティッシュを何枚か引きだし、ベッドの中に潜り込んだ。

男の欲望を処理するために。

身体に残る快感の疼きを消し去るために……。


最後に思いきり握られていたので、そんなに臨戦態勢ではなかったから、終わるのに少し時間がかかってしまった。

これならいっそ難しい数式か何かを考えて収めてしまった方がよかったかもしれない。

ともあれ、さっぱりとさせた後、俺はドアの外に置かれていた自分の服を着て、リビングに向かった。

漂うタバコの匂い。

紅林さんは少し濡れた髪もそのままに、タバコを吸っていた。

テーブルの上の酒は片付けられ、新しいカップが置かれている。彼も、既にガウンではなくシャツとパンツのラフなスタイルだが、服を着ていた。

「すみません、お待たせして」

「慣れない環境じゃ仕方がないだろう。それより、これからの話をしよう」

「これから、ですか？」

「夢の中ではお前が女として突っ込まれる感覚を味わうのが嫌、現実では俺が本当にお前のオカマを掘る危険がある。となれば、別の方法を考えないと」

新しいコーヒーは俺の分もあったが、ちょっとぬるくなっていた。

だが今はぬるかろうが冷たかろうが、その苦みが美味《おい》しい。

「でも他に方法があるでしょうか？」

「一番単純な方法がある。睡眠時間をずらすんだ。根本的な解決にはならないが、少なくとも二人揃《そろ》って眠っていなければ夢で会えるはずがない。会わなければあの、感覚を伴った夢にはならないだろう」

「なるほど」

「できるか？」

「やります」

俺達はお互いの仕事の都合を考えて、時間の調整を話し合った。

比較的時間が自由になるのは俺の方だから、俺が早く寝て早く起きる。紅林さんは遅くまで起きて遅く起きる。それでも睡眠時間が足りない時は、お互いメールでやりとりして仮眠の時間が重ならないようにしようということになった。

「取り敢《あ》えず、お互い寝る時と起きた時には相手にメールだ」

「はい」

「こういうことはあまり信用してないが、知り合いに霊能者がいないかどうか訊いてみよう」

「俺も、いわくつきの品物を引き取ってくれるお寺があると聞いたので、おじいちゃんに聞いてみます」

「この櫛《くし》と印籠を焼いたらどうだ？」

「それは……。可哀想《かわいそう》なので最後の決断にしたいです」

「あんな目にあっても、まだ『可哀想』か？」

確かに怖い目にあった。これからもめんどうは続くだろう。

でも俺は遊女というものがどんなに辛《つら》いものか、調べて知ってしまった。彼女が病を得て死ぬまで左乃介のことを想《おも》っていたことも知っている。

それを考えるとこれを焼いてなかったことにするのには躊躇があるのだ。

「優しいな」

紅林さんは乱暴に俺の頭を撫でた。

「わかった。それじゃそれは最後の手段だ。それと、起きてる時はお互い理性があるから、仕事の話は続けよう」

「いいんですか？」

迷惑をかけたのに。

「幽霊ごときで自分の考えを曲げたくない。五城はいい仕事をする。お前のことは気に入ってる。『しろや』の品物はいい。それを売る先も考えている。仕事は継続だ」

きっぱりした人だ。

この人の側《そば》にいれば安心できる。そんな気にさせてくれる。

「ありがとうございます……」

感謝の意を込めて見上げると、彼はふっと目を逸《そ》らして立ち上がった。

「だが今日はここまでだ。せっかく写真を持ってきてもらったが、お互いすぐに仕事の話には入りにくいだろう。仕事のことはまた日を改めてにしよう」

その方がいいだろう。

「わかりました。では、またご都合のよろしい時にご連絡ください」

ソファの上に置きっぱなしにしていた、タブレットの入ったカバンを持って、俺も立ち上がる。

「玄関まで送ろう」

二人並んで玄関まで行き、靴を履く。

「悪かったな。変なことを考えて」

玄関先で、彼はすまなそうに言った。

「いえ、考えに乗ったのは自分ですから」

「それでも、やっぱり悪かった。いつか埋め合わせをする」

「気になさらないでください。俺の話を真面目に聞いてくださっただけでも嬉しかったです。このことを、他の誰かに話せる日が来るとも思ってませんでしたし」

「信じるさ。俺も体験した。もしこの事でまた悩むことがあったら、いつでも相談に来い。メールでもいい」

「ありがとうございます」

紅林さんの手が、俺の肩に置かれる。

一瞬、引き寄せられるかと思ったが、手はただ元気づけるように肩を叩《たた》いただけで離れてしまった。

「じゃあな」

「失礼します」

深く頭を下げて、玄関のドアを出る。

廊下に出て、背後で扉が閉まると、何故《なぜ》か少し寂しかった。

優しくされたのに、『じゃあな』で終わってしまったことが。

追い出されるように早々に帰されたことが。

そんなこと、『俺』が感じるはずがないのに……。


睡眠時間をずらす作戦は、功を奏したと言っていいだろう。

それから数日経《た》っても、俺はあの祝言の夢を見なかったから。

元々、お鶴さんの夢は毎日見ていたわけではない。ここのところ立て続けに見ていただけだ。

だから、これで元に戻ったと言えるだろう。

このまま、彼女が自然に消えてくれないだろうか？

魂になってるなら、肉体がなくても、魂の世界で何とかならないのだろうか？　思念の世界なら、何だって構築できるだろう。

それとも、感覚は身体がないと『感じる』ことができないのか？

だとしたら、この状態が何時《いつ》までも続くってことか？

それじゃ根比べじゃないか。こっちは生身の身体で、日々の生活もある。根比べとなったら負けるのは必至だ。

負けた時には、夢が再び俺を取り込むのか。

その時には……。

悶々《もんもん》とした中で、唯一の安らぎは、紅林さんだった。

睡眠時間をずらすために、毎日メール交換することで、この問題に向き合っているのは自分だけではないのだという安心を得られた。

紅林さんも親身になってくれてる。彼も頑張ってる。そう思うと心強い。

ベッドをともにしたあの日、戻ってきてからじっくり考えると、紅林さんがいかに『いい人』であるかを実感したから。

俺が印籠を押し付けたばかりに、彼はこのことに巻き込まれた。

印籠を渡さなければ、彼女達にかかわることはなかっただろうに、あの人は一度もそれを責めなかった。

どうして俺にこんなものを渡したんだ、迷惑だ、と言って当然なのに。

しかも、男として臨戦態勢であることは目撃した。なのに彼は流されることなく、行為が彼の意思でも俺の意思でもないとわかると、すぐさま中断し、部屋を出てってくれた。

約束した通り、強引にコトを推し進めようとはしなかった。

俺は、性的な経験もないし、ヤられてしまう方だったし、最後に握られて痛みを感じたので少し萎えていたが、彼はそうではなかったはずだ。

左乃介としてはショックだったかもしれないが、バイだと公言し、男でも抱ける彼が、引いてくれた。

そのことで、俺の紅林さんに対する信頼は絶大なものになった。

あの人は、約束を守る人だ、と。

どんなに軽く口にしても、それはいつも真実なのだ。

仕事のことにしても、社交辞令はない。

取引はこのまま続けると言ってくれたように、その後写真を送付すると、幾つかの商品の買い上げが決まった。

品物を届けに行った時には、こちらの様子を聞き、体調を気遣ってくれた。

テーブルの向こう側に座って。

それは単に、もう写真を見る必要がないから、というだけのことかもしれない。でも俺には、先日のことがあるから、俺が萎縮しないように距離を取ってくれてるのだと思えた。

ただ、会話は相変わらずせっかちだったけれど。

漆器や、昔の花見弁当用の弁当箱の話をすると、それも面白そうだから写真を送ってくれと、次の仕事もくれた。

明るくて、強くて、自信に溢《あふ》れ。冷静で約束を守ってくれる誠実な人。

俺は、すっかり彼のことが好きになってしまった。

毎朝、起きるとすぐに携帯電話を手にして彼に送るメール。

『おはようございます。起きました』

短いメールには短い返事。

『おはよう。じゃ、こっちは寝る』

日中に時々送られてくる仮眠を知らせるメール。

『今から二時間ほど寝る。ここのところ毎日小まめにメールしてるんで、部下に彼女かと疑われた。ｗｗ』

という文面に笑みが零れる。

『今から寝ます。すっかり年寄りモードとおじいちゃんに言われてしまいました』

と送れば。

『健康的でいいことだ。俺はこれから飲みに行く。いつかお前も誘おう』

と返信が来る。

あの人と、メル友になるとは思わなかったな。

それがこんなに嬉しいことだとも。

その点については、今回のことはよかったのかもしれない。

自分が、紅林さんを好きだと思う気持ちが、お鶴さんに引きずられているから、とは思わなかった。

俺が夢の中で見ていた左乃介と紅林さんが似ていなかったから。

お鶴さんと左乃介の間には、長い付き合いがある。彼女は幼なじみだから、彼を好きになった。そしてその好意は恋だ。

でも俺が紅林さんを好きなのは、彼の人柄だし、この気持ちは信頼と憧れだった。

彼をどうして好きなのか、をはっきりと言えるので、この気持ちが自分のものだという確信がもてた。

起きてる時の俺にまでは、お鶴さんは干渉してこないらしい。

目覚めていれば、眠る時間をずらしていれば、紅林さんとの関係は良好で、その付き合いを心から楽しむことができる。

だから、日々は概《おおむ》ね良好と言っていいだろう。

そう思って、緊張から解き放たれた頃、俺はまた夢を見た。

それは今までとは全く違う夢だった。


暗い場所で、お鶴さんが泣いていた。

場所は部屋ですらない。

ただ真っ暗なところ、だ。

しかも俺はそれを外から見ていた。彼女と同化していなかった。

これは、俺の夢か。

「あの人が……」

彼女は袖で涙を拭いながら、呟《つぶや》いた。

「死んでしまう……」

あの人、とは左乃介か？

これは彼が船に乗った後ということか？　それとも、店の人間に見つかって袋叩きにあった後か？

「ああ、どうしよう。どうしたらいいの……」

同化していないのに、不安が伝わる。

彼女の様子が本当に不安で、心配で、堪《たま》らないという風情だからか。

「あの人があんな怪我《けが》を負って……。ああ、すぐに行かないと」

その後も、彼女はさめざめと泣くばかりだった。

他に誰も出てこない。

いる場所も明確にはならない。

ただ暗闇で、『彼』が怪我をした、大変だと泣き続けるだけだった。

目覚めても、暫《しばら》く嫌な気分だった。

今のは、自分の夢だろう。

この一件があってから、俺が彼女の夢に引き込まれている時は、必ず同化していた。

外から彼女を見ることはなかった。

だから、今のは全然関係ない、ただの夢だと思うのに、気が重い。

俺は携帯電話を取り出して、いつものように紅林さんに起きましたメールを送信した。

大抵、どんなに時間が経っても十分程度で返信が届くのに、今日に限って返信がないのも、
更に不安を煽《あお》った。

もしかして、今日のは『彼女』が『俺』に訴えかけていたのではないだろうか？

左乃介のことは左乃さんと呼ぶ彼女が、『あの人』と呼んでいたのも気になる。それは示唆している相手が左乃介ではなく紅林さんだから……とか？

顔を洗って、着替えて、朝食の支度をしながら何度も携帯をチェックする。

それでも、返信はない。

睡眠時間を早朝にずらしているせいで、まだ家族は起きてきていないので、静まり返った家に一人きりだという状況も、心を落ち着かなくさせた。

紅林さんも、一人住まいだった。

もしも……。

もしも彼が病気だったり怪我をしたりしたら、どうするのだろう？

彼の周囲には友人も会社の人間もいるだろう。何かあれば連絡を取って来てもらうこともできるはずだ。……とは思うが、返信メールがないということは、彼が外と連絡が取れないということではないだろうか？

いや、彼は屈強な人だ。そんなに簡単に怪我などするはずがない。

自動車事故とかではない限り。

『あの人が……死んでしまう……』

彼女の呟きが頭の中に蘇《よみがえ》る。

まさか、な。

俺はもう一度携帯からメールした。

『返信がないので気になってます。よかったら、一度メールください』と。

けれど、五分待っても、十分待っても、三十分待っても、返信はなかった。

「紅林さん……」

あの豪華な部屋で、一人床に横たわる彼の姿が頭に浮かぶ。

途端に、俺は矢も盾も堪らなくなって、家を出た。

行かなくちゃ。

もし何事もなければ笑って済ませればいい。でももし何かあったのなら、助けられるのは自分しかいないのだ。

あの人がいなくなる。

あまりにも元気な紅林さんだから、そんなこと微塵《みじん》も考えたことはなかった。

おばあちゃんは俺が小さい時に亡くなっていたし、おじいちゃんは健在なので、俺は人の死を身近に感じたことはなかった。

でも人は死ぬのだ。

ある日突然会えなくなることがあるのだ。

それを俺はお鶴さんで知った。

彼女は売られた時に、突然家族も友人も、愛《いと》しい人達を奪われた。左乃介とも引き離され、会えないままに人生を終えた。

同じことは現代では起きないだろうが、考えてみれば人はいつの時代でも突然『会えなくなる』ということはある。

紅林さんに会えなくなったらなんて、考えたくもない。

車でマンションへ向かい、フロントで来訪を告げる。

もしフロントからの電話に出なければ、係の人と一緒に部屋へ行こう。連絡が取れないので心配になって、と言えばきっとついてきてくれる。

「どうぞお部屋の方に」

だが、カウンターの内側で電話をかけていたフロントの男性は、受話器を置くとエレベーターを指し示した。

「お部屋でお待ちするそうです」

対応はいつも通り。何の変化もない。

俺は礼を言ってエレベーターに乗り、紅林さんの部屋へ向かった。

フロントからの電話が入るから、いつもなら俺がインターフォンを鳴らす前にドアが開く。

けれど今日はドアは開かず、インターフォンを押してから扉が開いた。

「どうした、こんな朝早く」

突然の来訪に驚いた顔。

紅林さんだ。

よかった。無事だ。

と思ったが、彼の足首にある包帯に気づくと、俺は慌てた。

「やっぱり怪我をしてたんですね」

「やっぱり？」

「今朝、夢でお鶴さんが『あの人が怪我して死んじゃう』って泣くから心配になって……」

彼は怪訝《けげん》そうに眉を寄せた。

「まあいい。立ち話も何だ、入れ」

軽く足を引きずりながら、先に立って彼が部屋に入る。

「大した怪我じゃない。ちょっと階段から落ちただけだ」

「でもメールも返信がなくて」

「その時に携帯も落として壊した。今日の昼には新しいのが届く」

壊れた……。

「よかった。俺、もし紅林さんが部屋で倒れてたらどうしようかと」

「夢見が悪かったから、か？　またあの女と同化してたのか」

「それが今日は違うんです」

彼がリビングのソファにどっこいしょと腰をおろすから、寄り添うように隣に座った。

「痛みますか？」

「いや、それよりどう違ってたんだ？」

「今朝は、彼女が泣いている夢だったんです。俺はそれを外から眺めていたんです。彼女が、あの人が怪我をした、死んでしまうって言うから心配になって。それに朝のメールの返信もなかったから、もしかしてと思って」

「それはあの女が見せた夢じゃなくて、お前が見た夢なんじゃないか？」

「え？　ええ。そうかもしれません。でも……」

「気にするほどのことじゃないだろう」

彼の言葉は、冷めていた。

表情も硬い。

「やっぱり痛いんじゃないんですか？　骨折ですか？」

「捻挫だ。大したことはない」

「不自由でしょう?」

「少しはな。だが動けないほどじゃないし平気だ」

紅林さんは小さくため息をついた。それが痛みによるせいなのか、別の理由なのかはわからないが、酷《ひど》く辛そうに見えた。

身体を支えるようにその腕に手を添えると、彼の手が重なり、やっと優しい目でこちらを見てくれた。

「あの後、他の夢は見たか?」

「いいえ。睡眠時間をずらしていただいてからは全然。今日が初めてです」

「じゃあ、今朝の夢ってのは気のせいだな」

「気のせいでしょうか? 実際紅林さんは……」

「偶然当たっただけだ」

視線は優しいが言葉に拒絶を感じ、俺は訊いた。

「来てはいけませんでしたか? 迷惑でした?」

すると、彼は重ねていた手を軽く握ってきた。

「いいや。朝から五城の顔が見られて嬉しいさ。だが……」

「『だが』？」

重ねて訊くと、彼は苦笑いしてから手を離し、ソファの背もたれに仰向《あおむ》けに引っ繰り返るように天井を仰いだ。

「あの夢にあてられたのか、お前のことが頭から離れなくなった。メールを交わすのも楽しくなってる」

それは俺も同じだと言おうとしたが、その前に彼は続けた。

「だが、それはきっと気のせいだ」

その一言に、ツキンと微《かす》かに胸が痛む。

「お互い、あの夢に囚《とら》われてるのかもしれない。感触の伴う夢ってのは、結構影響があるからな。お前はセックスが初めてで、呑《の》まれやすい」

何を言ってるのだろう、この人は。

「それにまだ若くて、夢想家だ」

「別に、俺は……」

「だから、俺が恋仲の男の生まれ変わりだという考えに取り憑《つ》かれてるのかもな」

「あなたは……、あれが現実だって信じてくれたんじゃないんですか？」

突然の物言いに、ショックだった。

俺が夢想家で、妄想に取り憑かれてるみたいな言い方をされて。信じてくれてるんだと安心して彼によりかかっていた分、まるで上っていたハシゴを外されたような気分だ。

「信じてないわけじゃない。言っただろう、俺だって実感した。左乃介とお鶴は、確かに生きていた人間で、魂が今もそこらをふらふらしてるんだろう」

「本当にそう思ってます?」

「思ってる」

真っすぐな目は、それが嘘《うそ》ではないと教えた。

でもそれじゃ何だって今更こんなことを。

「俺は、別に夢に取り憑かれてはいません」

「いいや。取り憑かれてる」

「そんなことはありません、俺は……」

「だから、夢を見て俺のところへ飛んできたんだろう。俺に用事があったわけでもなく、呼んだわけでもない。なのにお前は『夢を見たから』来た。それは、夢にのめり込んでしまったからだ」

「違います。あなたが心配で」

「俺に何が起こったのか、知らなかっただろう? ここに来たのは夢を見たからだ。夢を見て、不安になったからだ」

それはそうだけれど……。

「その夢はいつもの夢じゃなく、お前と女は別ものだった。ということは、ただの五城の夢だ。そういう夢を見るようになってしまったんだ」

「そんなこと……」

ありません、という前にまた言葉が被せられる。

「俺がもっと考えてやるべきだった。お前は童貞で、セックスに対してウブだった。なのにベッドに引きずり込んで、触りまくった」

だからこの人はどうしてすぐそういう直接的な言い方をするんだ。

「あの時、俺の中に男が入ったように、お前にも女が入ってたんだろう？　だから『もっと』とか言ったんだろう」

あの話題は避けて欲しいのに。

「起きてる時はあの二人はちょっかいを出して来ないと安心していた。だが考えるべきだったんだ。お前はまだ若く、肉体を知らない。女の夢を、俺よりも長く見ていて、感化されやすいんだって」

「あなたは、俺がお鶴さんになってるって言いたいんですか？」

「覚醒している時には、そうならないと思う。だが、彼女の考えに取り込まれ始めてるんじゃないかとは思ってる。彼女のせいではなく、彼女の夢を見るくらいに」

はっきりとした答えに、すぐ反論はできなかった。

自分でも、今朝の夢が自分のものか彼女のものか、確証がなかったから。

でも、今ここにいるのは自分の意思だ。

夢は不安を掻《か》きたてたが、来ようと決めたのはメールが繋がらなかったからだ。

「暫く、会うのはやめよう」

「紅林さん」

突然言われて、俺は彼に縋《すが》り付いた。

彼の手が、優しく俺の背に回り、そっと撫でる。

「お前を一人にはしない。ちゃんと相談にはのる。だが、暫くは会わない方がいい」

「どうしてです？　俺は別に彼女に引きずられても、夢に取り憑かれてもいません。ちゃんと自分の意思で……」

「俺は気が短いんだ。せっかちでな」

「知ってます」

「だから、お前はここに来ない方がいい」

説明になってない。

彼がせっかちだと、どうして自分はここに来てはいけないのだ。

俺の状況を理解して、一緒に何とかしようと言ってくれていたのに。

「階段から落ちたのも自業自得だな」

「あなたが？」

「そうだ」

「階段から落ちたのと、俺と何の関係があるんです？」

少し考えてから、彼は「ないな」と答えた。

支離滅裂だ。

少しもわかることがない。

わかることと言ったら、彼が俺をここに来させないと言ってることは彼の中で決定済みで、何を言っても覆らないだろうということだけだ。

この人は、ずっと、揺らがない人だったから。

「俺のことが煩わしくなったんですか？」

寂しい。

「そんなことはない」

彼と会えないと思うだけで、酷く寂しい。

「じゃあなんで」

「暫くの間だ。今まで通り、メールではやりとりをしよう。寝る時間をずらして、なるべく夢を見ないようにしよう。仕事も継続する。だが暫くはメールだけだ」

「品物は？　お届けに上がらないと」

「宅配でいい」

「繊細なものです。宅配は心配です」

せめて彼の顔を見に来るくらいは許して欲しい。コーヒーの一杯も飲んで、言葉を交わすくらいはしたい。

それだけでも心が安らぐから。

「じゃあ持ってきて、フロントに預けておいてくれ」

なのに彼はそれも拒んだ。

「代金は今まで通り、振り込みで大丈夫だろう」

ああ、そうか。

「……わかりました」

自分は、この人にとって、何でもない人間だったんだと、初めて気づいた。

俺は紅林さんに救われた気がして、信頼して、彼の言葉に従おうという気にもなっていた。恋人だなんて思っていないけれど、彼が口にした『運命共同体』って言葉が、特別なものだと思っていた。

でも、彼には違うのだ。

俺がここに来ることを許されているのは、仕事があるからだ。骨董《こっとう》の取引という。

夢のことを信じてくれても、彼は俺のように悩んだりしていない。どうしようかとうろたえたりもしない。

二人が睦《むつ》み合う夢に、声を上げて跳び起きることもない。ただの夢だと思っている。あの夢を見たからどうだというんだ、と。

俺の話を聞いてくれるのは、彼の優しさだ。

本人だけなら、気にも留めずに日々を過ごしているだろう。変わった夢を見る、程度で。

「そんな落ち込んだ顔をするな。二度と会わないと言ってるわけじゃない。お前が落ち着いたら、また会おう」

「何時です?」

「五城が夢を見なくなったら」

「今も見てません」

「今朝見たろう？　同化する夢は強制だから仕方がない。だが今朝見たような、自分が作った夢でお鶴の夢を見るのはダメだ。そういうのを見なくなったら、だ」

それでは約束にならない、夢を見なくなる日が何時なのかわからないのだから。今日見なくても明日《あした》見るかも、明日見なくても明後日《あさって》は見るかも。

何日見なかったら、『もう見ない』と言えるのだろう。

身体を起こすと、背中にあった手が外れる。

「朝食、食ってくか？」

取り繕うような誘い。

「いえ、俺はもう食べてきましたから。それに、紅林さんはそろそろ眠る時間でしょう？」

「そうか。残念だな」

「はい、とても」

「大したものじゃないけどな」

彼は俺が料理を逃したことを言ったと思ったようだが、違った。この人と、最後に一緒に過ごすチャンスを失ったことが残念なのだ。

一緒に食事が摂《と》れるほど空腹だったら、食べている間はまだ彼を見ていられたのにと思ったのだ。

「お邪魔になっても何ですから、もう帰ります。用事があったわけでもありませんし」

「玄関まで送ろう」

「いいえ、その足ではあまり動かない方がいいですよ。どうぞお大事に」

「……ああ」

立ち上がると、背を向ける前に、彼は俺の手を取った。

「何か？　取ってきて欲しいものでもありますか？」

「いや。そうじゃない」

強い力で引っ張られ、彼の元へ近づく。

立ち上がれないのか、紅林さんは座ったまま俺の腰に腕を回して抱き寄せた。

「一人じゃないから安心しろ。ただ落ち着くまでの間だ。あんまり頻繁に夢を見たり、困ったことがあったらいつでも来ていい。メールでも、電話でもしてきていい」

察しのいい人だ。

俺の不安を感じ取って、くれる言葉だろう。

「そうですね。その時には」

答えると、腕は外れた。

「エレベーターの暗証番号を教えてやる。それとこの部屋の合鍵もやろう。それがあれば、フロントを通さず直接この部屋へ来られる」

「エレベーターに暗証番号があるんですか？」

「ある。それを知らなければ、フロントが解除しないと動かない仕組みだ」

紅林さんは近くに脱いであった上着のポケットを探り、メモを取り出すと四桁の数字を書いた。キーケースからディンプルの鍵を外し、それと一緒に差し出した。

「持っていけ」

「でも」

「信用している。何かがなければ来ない人間だと」

信用されていることが嬉しくて、俺はそれを受け取った。常識的に考えて、そんなに親しくない他人の家の鍵など受け取ってはいけないと思うのに、これが欲しかった。

彼との繋がりが残るみたいな気がして。

「今度、明治時代の香水瓶が手に入るんです。ですから、またメールします」

「今日の午後には電話が繋がる。それ以降ならいつでもいいからな」

「はい」

鍵とメモを大切にポケットにしまい、俺は頭を下げた。

「色々、ありがとうございます」

「また、な」

「はい、それではまた」

『また』がいつになるのか、お互い口にしなかった。

約束のできない『いつか』であることがわかっていたから。

でもその不確かさを寂しいと思っているのが自分だけなのも、わかっていた。

想う気持ちが、自分だけにしかないのだということが。


彼から鍵を預かったことは、誰にも言わなかった。軽率だと咎《とが》められることがわかっていたから。

自分だって思う。もし彼の部屋で何かトラブルがあったら疑われるだろうと。

わかっていても、手放せなかった。

だって、もう紅林さんに会えないのだ。

また、とは言ったけれどそれが明日なのか十年後なのか、わからない。

彼と会えなくなって、自分がどれだけ彼を必要としているか、よくわかる。

櫛を手にして、お鶴さんの夢だけを見ていた時は、映画を観《み》てるみたいだとどこか楽しんでいるところもあった。

彼女が現実の自分に影響を及ぼさないとわかっていたから。彼女が可哀想だと同情もしていたから。夢は過去の出来事だったから。

だが、紅林さんに会って、夢が現在進行形になった時、怖くなった。

もしかして、これから先ずっと彼女は寝ている俺の意識を自由にするのではないか、その中で、俺に女性が抱かれるという意味を体感させるのではないかと。

紅林さんがいたから。

彼も同じ境遇になって、俺の話を信じてくれたから、俺は安心できた。

彼は強くて、信念があって、夢に怯《おび》えなどしなかった。

どうしたらいいのかと悩むばかりの俺に、解決策を提示してくれた。

ベッドに入るのは歓迎できたことではなかったが、睡眠時間をずらす方法は成功している。

それにベッドを共にしたことで、彼に対する信頼はより厚いものになった。

紅林さんといれば、いつか全てが解決すると思っていた。

俺は彼を必要とした。

でも、彼には俺が必要ではないのだ。

紅林さんの考えたことはよくわかる。

俺が、彼に懐くのは、俺がお鶴さんに感化されて、彼を左乃介のように思っていると言いたいのだろう。

誰のものだかわからなかった、あの曖昧な夢が、俺がお鶴さんの幻影に振り回され始めた証拠だと思ったのだ。

自分が側にいると、俺がどんどんお鶴さんになってゆく、いや、なってゆくんだと思うようになると心配してくれたのだ。

違うのに。

彼女の気持ちはわかる。

でも俺は俺で、左乃介ではなく紅林さんが好きなのに。

「あの時、あの人が変な話題を持ち出さなければ、もっと反論できたのになぁ」

彼と寝た時の話をされて、一瞬恥じらった。あのことを深く掘り下げたくなくて、出遅れてしまった。

その間に、彼は答えを出し、俺は気づいた。自分達は深い繋がりがあるわけじゃないんだと。同じ想いじゃなく、彼が付き合ってくれてるだけなんだと。

気づかなかったら、もっと食い下がって、自分を一人にしないでと言えただろう。

今となっては、そのセリフは彼の負担だと思うから口に出せないけど。

「最近、紅林さんのとこへ行かないねぇ」

おじいちゃんに言われて、俺は笑った。

「今はパソコンっていう便利なものがあるからね。写真を撮って、送って、向こうからの注文もパソコンだよ」

「そいつは寂しいもんだ。人の繋がりっていうのは、会ってこそ、だからな」

その通りだと思う。

彼からは今もメールが届く。

起きた、寝る、以外に、今日は何を食べたとか、何をしたかも。

時には写真が添付されることもあった。

でも、会いに来いという文字はない。

来い、と言われないと行くことができない。俺の存在は彼にとって負担だから。

「会いたいなぁ」

会えないことがより会いたい気持ちを強くする。

離れていると、彼のことばかり思い出す。

まるで恋でもしているように。

部屋で一人でいると、そこが座敷だからかお鶴さんが左乃介を想っていたことを思い出す。

会いたくても会えないって辛いよね。好かれてるのがわかってても、飛び込んでいけないのも辛いよね。

もっとも、俺のは恋じゃないし、相思相愛でもないけど。

夢でもいいから、紅林さんに会いたい。

時間をずらさずに寝れば、あの夢をまた見るだろうか？　祝言の夜の夢を。そしたら、顔だけでも、紅林さんに会えるかも。

危険な考えに、俺は頭を振った。

顔だけ会えても、俺に手を伸ばすのは紅林さんじゃない。左乃介だ。抱かれるのは俺じゃない、お鶴さんだ。

それでは意味がない。

俺と、紅林さんでなければ。

俺と紅林さんが……。

「会いたいなぁ」

彼の不遜な態度。

人の話を最後まで聞かずに自分の考えを口にする声。

話を聞いてくれる時には真面目な目をして、静かに耳を傾けてくれる姿。

安心させるために触れてくれた優しい手。

自分の肌を滑っていった、男の手。

「会わないでいると、考えが変な方向に行ってしまいそうだな。これは恋じゃないのに」

まるで言い聞かせるみたいに、声に出す。

これは恋じゃない、と。

きっとそうだ、と。


メールだけのやり取りが続いて一カ月が経った頃、俺は紅林さんと会う夢を見た。

お鶴さんの夢じゃない。彼女の影のない夢だった。

彼からのメールが来て、俺があのマンションへ飛んで行く夢だ。

いつか飲もうと言っただろうと言いながら、彼は酒を勧め、お酒は苦手だけど、せっかく彼が勧めてくれるのだからとグラスに口をつける。

酔って、いい気分になって、俺はとても彼に会いたかったのだと切々と訴えた。

彼の大きな手を握り、もっと会いましょう、仕事の話だけでもいいから、と。

悪くない夢だっただけに、起きた時の空《むな》しさは酷いものだった。

俺ってば、そんなに紅林さんに会いたいのか。

ここのところ夢は見てないから、そろそろ会いたいって言ってみようか？

まだ一カ月じゃないかと却下されるだろうか？

悩んでいる間に、また日々が過ぎ、更に一カ月経ったけれど、彼を望む気持ちが薄らぐことはなかった。

夢ではなく、現実で会いたい。

彼を喜ばせるために、認めてもらうために、彼の好みそうな品物を取り寄せ、彼に知らせ、いつか『持ってきた時に会おう』と言ってくれるのを待つ。

でも返事はいつもフロントに預けておいてくれで終わり。

彼がいるマンションの足元まで行きながら、鍵だって持ってるのに、黙って帰ってくる。

建物を出ると、上を見上げて彼の部屋の窓を探す。

メールの中だけでは、元気に変わりなく対応するけれど、心はどんどん寂しさを増す。

あなたは、俺に会いたくないんですか？

メールの時以外には思い出すこともありませんか？

夢を見なくなった、とメールしたら会おうと言ってくれますか？　それとも、見ないならもう会わなくてもいいだろうと言いますか？

メールという僅かな繋がりが、彼を忘れさせない。

僅かな繋がりだから、もっと欲しくなる。

お鶴さんの夢は見なくなった代わりに、彼への想いが俺を悩ませる。

どうにもならない気持ちが、少しずつ、少しずつ、俺を彼へと引き寄せる。

皮肉なことに、会えないことが彼を強く心に刻み込んだ。

「会いたい」

と言う気持ちを。

暗い闇の中に、人が倒れていた。

俯《うつぶ》せになっているから、その顔は見えなくて、誰なのかわからなかった。

ただ、闇の中のはずなのに、その人の身体から流れ出る血が、みるみる広がってゆくのが見えた。

『ごめんなさい……』
耳元で、女性の声がする。
俺はハッとして後ろを振り向いたが、そこには誰の姿も見いだせなかった。
だが声でわかる。
今のはお鶴さんの声だ。
自分の身体を見ると、着物はきておらず、いつものシャツにパンツ姿だ。
これは夢だ。
でも誰の？
『ごめんなさい……』
もう一度か細い声が響く。
「お鶴さん？」
名前を呼ぶと、自分の声が響いた。
彼女の夢だとしたら、声を出せるのは初めてのことだ。
「お鶴さん。これは誰の夢なの？　俺？　それともあなた？」
『私が欲深いばっかりに、彼を苦しめてしまった……』
「左乃介さん？」

『どうしてこうなる前に、消えてしまわなかったのか……』

「彼って誰、そこに倒れてる人は誰なんです？」

『人を苦しめてまで得るものなど許されるはずもないのに』

「お鶴さん、俺の声が聞こえるんでしょう？　返事をしてください」

必死に叫んだが、声は聞こえても会話にはならない。

彼女の独白を、ただ聞いているだけだ。

『左乃さんに会えて、あの人にわかってもらえて、それでいいはずだったのに。左乃さんの女房になりたいと思ったばっかりに……』

諦めて、彼女の言葉に耳を傾ける。

ここには、左乃介はいないようだ。

だとするとあそこに倒れているのはやはり左乃介なんだろうか？

ただそうだとすると、彼女の言葉がそぐわない。

『あなたも苦しめてしまった。本当の道を曲げてしまう。私は……』

あなた、とは誰のことだ？

ひょっとして、俺？

『ごめんなさい……』

再び、彼女が謝罪の言葉を口にする。

そしてすすり泣く声。

どういう夢なのだ？

彼女は俺に夢を見させたことを謝っているのか？

俺を苦しめたと後悔しているのか？

『左乃さん』と『あの人』と『彼』と『あなた』とは、別人なのか？　同じ人を指しているのか？

足元に冷たさを感じて下を見る。

さっきまでただ暗いだけだったのに、静かに波が押し寄せる。

潮が満ちてくるように、寄せては返しを繰り返し、俺の足を濡らす。

水嵩《みずかさ》が増すと、波は白い波頭を見せ、それが白い兎《うさぎ》に変わる。

寄せる波。

現れては消える白い兎。

「お鶴さん！」

兎の中に彼女がいるのか？　それとも別の場所に？

突然、背後から光が射《さ》した。

眩しいほどではないけれど、辺りがはっきりと見えるくらいの光が。
振り向くと、天空に明るい満月が輝いている。
「月……」
寄せていた波頭から飛び出した兎が、跳ねながら空《くう》を走ってゆく。
「月へ……行くんだ……？」
次から次へと、小さな兎が空を駆け上る。
月は、印籠に描かれていた。兎は櫛だ。その二つが、今一つになろうとしている。
『お鶴』
左乃介の声がわぁん、と響いた。洞窟の中で叫んだみたいに反響して。
『来い』
辺り一面に広がった海から、無数の兎が空に昇ってゆく。
黒い空と黒い海。
その中を天空の満月に向かって消えてゆく真っ白な兎。
それは、暫く見とれてしまうほど、美しい光景だった。
ああ、これで終わりなんだ。
不思議な気持ちで納得した。

これは、俺の夢だ。

でも夢じゃない。

彼女は今、上がっていったんだ。左乃介と一緒に。

肉体への執着を捨てて、魂だけになって、彼のところへ行ったんだ。

よかった。

本当によかった。

彼女の恋が実って。

不幸せなままに終わった『生』を捨て、新しい世界へ、新しい次元へ愛する人に呼ばれていったのだ。

月はまだ輝いていた。

でも、その明るい円の中には寄り添う二人の姿が見えるようだった。

「幸せになって……」

涙が零れ、それを拭う時に、自分の左の手にずっとあった入れぼくろが消えていることに気づいた。

そうか、これは彼女が俺の中にいる、という印だったんだな。それが消えた今、お鶴さんは本当にいなくなったのだ。

だが、次の瞬間、俺はギクリとした。

兎を放ち、引いてゆく波間に、まだ人が倒れている。

お鶴さんも、左乃介も昇天したはずなのに、血に濡れた男はまだそこに転がされたままだった。

あれは……、誰？

俺は水飛沫《みずしぶき》を上げながら、その人に近づいた。

大きな身体、現代の髪形。

嫌な予感がする。

肩に手をかけ、抱き起こす。

水に濡れ、蒼白《そうはく》になったその顔は、紅林さんだった。

「紅林さん！」

冷たい。

「紅林さん！　しっかりして！」

溢れる血は胸からで、傷も見えないのに、鮮血が溢れて海に溶けてゆく。

「紅林さん、しっかりして！　目を開けて！」

彫像のように固まった表情。

耳元で、大きな声で叫んでも、ピクリともしない。

「死なないで……」

怖い。

彼が消えるのが怖い。

「紅林さん！」

だって、俺はこんなにも彼が好きなのだ。

絶対に失いたくないと思うほど。

彼が、『好き』なのだから……。


目を開けると、目尻から流れた涙が頬を濡らしていた。

部屋は真っ暗。

枕元の目覚まし時計を見ると、蛍光塗料の付いた針は朝の四時を示していた。

「今のは……、ただの夢だよな？」

問いかけても、答えてくれる人などいない。

「そうだ！」

布団から跳び起き、部屋の明かりを点け、俺は自分の左の手を見た。

夢の中では消えたけれど、ずっと消えることのなかった入れぼくろ。あれが残っていれば今のはただの夢だ。誰の夢だろうと。でももし消えていたら……。

「ない」

手に、ホクロはなかった。

入れぼくろは消えていた。

じゃ、今のは夢じゃないのか。魂の世界のことであっても、現実のことだったのか。

「紅林さん……」

だとしたら、血を流して倒れていた紅林さんも現実なのか？

前に、彼が怪我をしたという夢を見た時、紅林さんは怪我をしていた。足首を捻挫しただけだったけれど、怪我は怪我だ。

あれも今と同じ、俺とお鶴さんが離れている時に見た夢なのだとしたら、これは警告なんじゃないのか？

抱き起こした彼の身体の重み、冷たい身体、動かない硬い表情。

暗い海に流れ出る紅《あか》い血。

髪の毛まで逆立つような鳥肌。

俺はすぐに着替えると、預かったままの鍵を摑《つか》んで家を飛び出した。

嫌だ。

絶対に嫌だ。あんな彼を見るのは。

夜明け前の街を、店のバンで疾走しながら、祈った。

この間だって、死んでしまうと言われたけど捻挫だった。きっと今回だって、あんな姿を見せられたけどきっと大したことはないに違いない。そうであって欲しい、と。

信号に引っ掛かる度、イライラしながら、真っすぐにマンションへ向かう。

駐車場に車を停《と》めると、建物へ駆け込む。

こんな時間の来訪者に、フロントに立っていた男性が驚いた目を向けたけれど、それを無視してエレベーターに飛び込む。

階層を示すボタンの下に、プッシュホンみたいな小さなボタン。メモを取り出し、数字を押し、彼の部屋の階のボタンを押すと、扉は静かに閉じた。

目眩《めまい》がするような浮遊感。

箱が目的地へ着くと、扉が全開するのも待たず外へ出て、彼の部屋へ。

鍵を取り出し、鍵穴へ差し込むが、手が震えて上手くできなかった。

ようやくカチリと音がしたので、中へ入る。

「紅林さん！」

生きていて。

「紅林さん！　五城です！」

怪我でも病気でも、大したことがありませんように。

「紅林さん！」

「どうした！」

リビングのドアから、紅林さんが飛び出してくる。

「何があった！」

強い力で、彼が俺の腕を摑み顔を覗《のぞ》き込む。彼からは、少しお酒の匂いがした。

「無事……ですか？」

「俺が？」

「あなたが。怪我は？　苦しいところや痛いところはありませんか？」

「ない」

「……よかった」

安堵《あんど》に力が抜け、涙が零れる。

「夢を見て……。あなたが血塗《ちまみ》れで倒れてる夢を……」

言った途端、彼の顔が険しく変わった。

「また夢、か」

「違うんです、ただの夢じゃなくて……」

「わかった、わかった。安心しろ、俺はピンピンしてる。そいつはただの夢だ」

「違います」

「違わない。俺は怪我なんかしてないんだからな。安心したろう。さあ、もう帰っていいぞ」

「嫌です」

「俺はどこにも怪我はない。死んだりもしない」

「そうかも知れないけど、もう少しあなたの側にいたい。俺が帰った後に倒れるかも知れないじゃないですか」

「そんなことはない。お前が起きてるんなら、俺ももう寝るだけだ」

「じゃあ寝るまで側にいます」

「五城」

「俺は……、俺は、紅林さんのことが心配なんです。あなたのことが……」

「帰れ」

紅林さんは俺の腕を掴んだまま、くるりと背を向けさせた。

「お前は混同してる。俺は左乃介じゃないし、お前はお鶴でもないんだぞ」

「わかってます。二人はもういません」

そのまま玄関の方へ押し出される。

「ここに来たのは俺です。お鶴さんじゃありません」

「今お前がここにいると不味《まず》いんだ！」

「……誰か、いらっしゃるんですか？」

彼は、大人の男だ。恋人や恋人候補を泊まらせることもあるかもしれない。

「誰もいないから不味いんだ」

「どうして？」

手を振りほどき、彼に向き直る。

紅林さんは怒った顔をしていた。

違う。怒ってるんじゃなく、不機嫌な顔、だ。

「俺は気が短いと言っただろう」

「……はい」

真っすぐに目を見ると、彼の方から逸らされる。

「好きだと思った相手に手を出さずにいられる自信がない。欲しかったらさっさと手を伸ばしたいんだ」

「欲しいって……」

目を逸らしたまま、彼は長いため息をついた。

「俺は五城に惚《ほ》れた。お前が好きなんだ。左乃介じゃない、『俺が』だ。だから酒が入って自制心もなく、こんな邪魔の入らない時間に二人きりでいるのは不味いと言ってるんだ」

吐き捨てるように言う言葉。

彼が、俺を好き？

紅林さんが？

「俺も……、あなたが好きです」

同じ気持ちだ、と思って言ったのに、彼は舌打ちした。

「お前のは俺のと違う。もしそうだと言っても、お鶴に毒されてるだけだ」

「違いま……」

「でなけりゃ、童貞で、ゲイでもないお前が俺に惚れるわけがない」

「違……」

「夢を見たから来る。あの女に操られてるだけだ。お前の意思じゃないんだ。俺はお前の意思で、俺に会いに来て欲しいんだ」

夢を見たから来た、という度に不機嫌な顔を見せたのは、それが理由？

「帰してやれるうちに帰れ。お前がここから帰っても、仕事はちゃんと続ける。個人の感情と仕事は別のものだからな。だが、女の幽霊に操られて俺を熱っぽく見るお前を見たくはない。それはお前じゃない」

この人は……。

誠実な人なのだ。

こんなに俺を好きと言ってくれるのに、付け込むということをしない。

そして、彼が告白してくれたお陰で、俺も自分の気持ちがはっきりと見えた。

もう、俺の中にお鶴さんはいない。何を考えようと、これは俺の考えなのだ。

「紅林さん、俺も……」

「さあ、わかったろう。さっさと帰れ」

「紅林さん！」

いつものように人の話を最後まで聞かず、畳み掛けるように喋《しゃべ》る彼の両頬を、捕らえるようにパンと叩く。

「悪い癖です。俺の言葉も聞いてください」

「……何だ?」

「俺もあなたが好きです。俺もあなたと同じ気持ちです」

真剣な告白なのに、彼は鼻先で笑った。

「俺と同じわけがない」

「どうして?」

「お前がここに自分の意思とやらで残るなら、俺はお前を抱く。セックスする。女じゃなくても、突っ込んで自分のものにする」

率直過ぎる言葉。

「う……」

でも嫌だ、と思えない。

これが『俺』の答えだ。

「わかったな? 俺とお前は……」

「望むところだ、かかって来い!」

彼に、最後まで言わせなかった。

否定の言葉は、もう聞きたくなかった。

俺がこの人を『好き』と、この気持ちが恋だと認めるのには勇気と覚悟が必要なのだ。なのにそれを信じてもらえないなんて嫌だ。

「キスするぞ」

「どうぞ」

「本当にするぞ」

子供の脅しみたいに繰り返すから、俺の方から捕らえていた彼の唇に唇を押し当てる。

「キスぐらい、夢の中で左乃介としてます。脅しになんかなりませんよ」

勝った、と思ったが勝利の笑みを浮かべる前に、彼の方から唇が重なってくる。

「もう夢の話はするな。本気で五城が俺を好きだというなら」

そしてもう一度キスを仕掛けてきた。

今度は、舌を使って。

深くて、腰が抜けそうになるキスを……。

お酒の匂いのするキスをした後、彼は俺を抱きかかえて寝室へ向かうと、ベッドの上へ下ろした。

「今夜は止めて欲しいと言っても聞かないからな。俺は我慢の限界だ」

「……初心者でも？」

「初心者でも」

着ていた服を忙《せわ》しなく脱ぎ、彼もベッドに乗る。

「俺はちゃんと逃げ道をつくってやった。正直に告白もした。残ったのは五城だ。かかって来いと言っただろう」

その言葉を、俺は早くも後悔していた。

忘れていた。

この人は、肉食系だった。

「お手柔らかに……」

「できたら、会わないでいいようなんて言い出すわけがないだろう。側にいたら手が出るか腹が立つかのどちらかだから、遠ざけたんだ」

煌々とした明かり。

「電気を消しては……」

「余すところなくお前を見る。消すもんか。それに、暗闇の中でまたあの女に取り憑かれちゃ困る」

紅林さんの手が、俺のシャツにかかり、バンザイで無理やり脱がされる。

男同士だから、上半身の裸ぐらいは何ともないと思ったのだが、やはりどこか恥ずかしい。

彼がヤル気満々だからか？

「お鶴さんはもういません」

「さっきもそう言ったな」

剝《む》き出しになった肩に、覆いかぶさってきた彼がキスする。

肩なのに、軽く唇が当てられただけなのに、ゾクッとする。

「ちょっと待ってください」

「止められないと言っただろう」

「覚悟は決めてます。でもその前に話すことがあるんです。絶対に言っておかなきゃいけないことが」

「絶対か？」

「絶対です」

紅林さんは、仕方がないという顔で俺の上からどいて、横に並んだ。

「言ってみろ」

この人の、こういうところが好きだ。

潔いというか、相手のことをちゃんと考えてくれてるというか。

「夢を見たんです」

「夢の話は……」

「ちゃんと聞いてください。その夢は、二人が昇天する夢でした」

「昇天？」

俺は、さっき見たばかりの夢の話をした。

泣きながら謝罪したお鶴さん。海を走る兎が月に昇り、左乃介の声が彼女を呼んだことを。

そして自分の手から、あの入れぼくろが消えているのを見せた。

紅林さんも、自分の手を確かめると、彼のも消えていた。

「消えたのか、本当に？」

自分の手を照明に翳《かざ》し、場所が移動しただけではないのかというように引っ繰り返したり遠ざけたり近づけたりして確認する。

でも、やはりそこにホクロはなかった。

「夢の中に、あなたがいたんです。二人が消えてもずっと。胸から血を流して横たわっていて、死んでるみたいで……。それで来たんです。あなたを失いたくないって思って。それぐらい紅林さんを好きだって気づいて」

「メールをすればよかったのに」

「……あ」

「それも考えつかないほど慌ててたのか」

「俺は紅林さんほど冷静じゃないんです。言っておきますけどね、俺はあなたと違ってお鶴さんが左乃介と過ごした長い時間も知ってます。だから、あなたと左乃介が似てないってわかってます。彼の方がずっと穏やかだと思います。自分勝手でもないし」

「俺は自分勝手か？」

彼がムッとして聞き返す。

「ええ、自分勝手です。人が話してる途中から言葉を被せてくるし、さっさと先を歩いてゆくし。でも、仕事はできて、頼りになって、向き合う時には真剣に向き合ってくれることも知ってます」

「落としてから上げたな」

「でも、あなたが俺を好きな理由はわかりません。俺のことなんて、関係ない人間だと、せいぜい仕事の関係者としか見てないと思ってました」

「仕事とプライベートは別だ。仕事の面では、信用のおける男だと思ってる。だが、初めてお前がここに来た時、俺が運命の恋人かもって嘘をつくから、俺が襲うと、それまでの年のわりには落ち着いてるとこをかなぐり捨てて叫んだ時、可愛いと思った」

「そんな最初から？」

さすがに、俺はその時にはまだこの人を好きではなかったのに。

じゃあ、あの優しさは好意から？

「好みだと言ってただろう。だがその時はまだ『好き』だな、可愛いな、程度だった。このベッドでお前を抱いてる時、その気になった」

「それは左乃介では？」

「かもしれない。だから、離れた。本当はあのままましたかったが、他人の気持ちで五城を抱くのは失礼だし、腹立たしいからな。他人にお前を抱かれるみたいで」

右にいる彼の手が、俺の首の下を回って左の肩を抱く。

素肌に触れる指に注意が集中してしまう。

「でも間違えたりしない。俺はお鶴のことは大して知らないが、お前に『ほと』がない限り、別人だってわかってる」

あの時、『ほとがねぇ』って叫んでいたのは、左乃介？　紅林さん？

「『ほと』って何です？」

「女性器だ」

「……そう……、ですか」

あの時は、左乃介だったのか。

「そうやってすぐに赤くなるところも可愛い」

「子供扱いですか？」

「まさか。子供相手に欲情はしない。多分……、お鶴が見せた血を流す俺は、片想いで苦しんでた姿なんだろうな」

「片想い？」

「お前が好きだが、手は出せない。熱っぽく見つめられても、それが誰だかわからない。自分から距離を置いたのに、会いたくて仕方がない。俺の心はズタズタで、苦しかった。諦めようかとさえ思った。それが恋愛の死、ということかもな」

そうかも知れない。

彼の分析はいつも正しいから。

「で、五城。もうそろそろ『絶対』の話は終わったか？　タネ明かしも済んだろう。限界を我慢してるんだ。限界の限界だ」

「本当に今すぐするんですか？」

「俺に愛される覚悟を決めろ」

様子をみるみたいに、頬にキスされる。

愛される覚悟か、いい言葉だな。と、思った時には唇を奪われた。

「ン……」

首に回っていた腕が俺を抱き寄せる。

また彼が上になって、キスしたまま俺を組み敷く。

この間は感じなかった彼の重み。でも、彼の体格を考えると、この重さが当然なのだ。それを感じなかったのは、彼の気遣いだ。

ベッドに入って暫くは、彼は紅林さんだったはずだから、それはこの人の心遣いだった。

このくらいの重みなら、潰れたりはしない。

俺は男だから。

「怖いか？」

唇が離れると、紅林さんが聞いた。

「いいえ。ドキドキはしてますけど」

「本当に？」

「だって、相手は紅林さんじゃないですか」

答えると、腕がぎゅっと強く抱き締める。

「可愛いな」

「く……、苦しいです」

「反応のいいお前が好きだ」

裸を見られるのが恥ずかしくて、被ろうとしていた布団が勢いよく捲られる。

「真面目になったり、照れたり、叫んだり、不安になったり」

下はまだズボンもはいていたが、跨《また》がって上に乗った彼がボタンに手をかけ、ファスナーも下ろされる。

「俺の手で、もっと色々反応させたい」

さすがに、下半身は恥ずかしい。

でも彼は淡々と俺を剝いてゆく。

「今日はゴム無しだ。出して、汚してもいいぞ。ベッドは客間にもある」

「一度言おうと思ったんですけど、紅林さんはデリカシーがなさすぎです」

「男同士でデリカシーも何もないだろう。遠回しに言って伝わらないことの方が面倒だ」

「でも俺は……」

言ってる間に開いたズボンの前に彼が手を入れる。

「ひ……っ」

他人の手が、自分のモノを握る。

「ああ。もう一つ間違えない理由があったな。お鶴にはコレはついてなかった」

「紅林さ……っ！」

屈《かが》み込み、彼がソコを口に含む。

もちろん、初フェラチオだった。

「あ……っ。う……」

気持ちいい。

柔らかく濡れた感触が、敏感な場所を包む。

自分でする時は当然手だから、こんなの初めてだった。

口の中って、こんなに熱いんだ。こんなに濡れてるんだ。

相手が男でも女でも、口は関係がない。むしろ男だからこそ、舌は長くて大きいのかも。

「く……れば……さ……。俺は何を……」

「マグロでいい。感じるままに反応してくれれば、俺は愉《たの》しい」

右の手が、俺のを支えて彼の口へ運ぶ。

左の手が、内股を撫でる。

夢よりも現実の方が感じる。体温があるから。

「あ……、あ……っ」

さんざん口で弄んだ後、俺が勃起すると彼はすぐに口を離した。熱がソコに集まってじんじんする。

「よかった、勃ったな。男相手だから勃たなかったらどうしようかと思った。この間悶《もだ》えてたのはお前じゃなかったんだろうし」

俺も感じてたのだが、それは言いたくない。

言えば、きっと図に乗るに決まってる。

「胸を触るのは、女の扱いをしてるわけじゃないぜ」

下をほったらかしにして今度は胸が嬲られる。

肌を下から上へ撫で、乳首に触れる。

ピンと張った先端を指は転がすように弄った。

「う……」

ただ仰向けに転がって、彼にいいように扱われることが恥ずかしい。抱かれてもいいとは思ったけれど、一方的に弄ばれるのは違う気がする。

でも自分から、見えてる彼のムスコに触れるのもためらわれる。

紅林さんは、全裸でも恥ずかしいとは思わないらしい。

全てを晒《さら》け出したまま見せてくるし、接してくる。

肌と肌が直接触れ合う感覚は気持ちはいいが鳥肌が立つ。

「あ」

胸を吸われ、心臓が跳ね上がる。

彼が与えてくる刺激は、どれも俺をビクつかせた。驚きと、恥じらいとで。

けれどそれが長く続くと、やがて息が苦しくなり、身体が熱を帯びる。

放っておかれている下半身がもどかしくて、でも彼に見られると思うと自分でするわけにもいかないし、触ってと頼むこともできない。

中心部分が疼き、時々当たる彼の身体に声が上がる。

「あ……っ」

喘ぎ声を上げると、紅林さんは悪い顔でにやりと笑った。これが反応を愉しむということなのだろう。こっちはいっぱいいっぱいなのに。

「感じてるな」

「当たり前です……。他人とこういうことをするのは……」

「初めてだもんな」

また言葉を奪われる。

でも咎める気力もない。

身体の中に生まれた疼きが、全身を痺れさせ、快楽を求めさせるから。

「顔を見ながらやりたいが、童貞じゃ前からは無理だな」

「え……？」

「俯せになれ。バックから入れる」

「無理です！」

「さっき言っただろう。突っ込みたいって」

「希望は聞きましたがいいとは……」

「かかって来いと言っただろう？」

有言実行にもほどがある。俺は初心者で、前ですら使ったことがないのに、後ろを使われるなんて。

驚いてる間に、焼いてる餅を引っ繰り返すみたいに俯せにされる。

硬く勃ちあがったものがシーツに押し付けられた。

「待って！」

無駄だと知りながら、俺は制止の言葉を叫んだ。

枕を摑み、彼から逃れるように上へ這いずる。

けれど彼は俺の腰を捕らえて引き寄せた。シーツに俺のモノが擦れるのも気にせず。

「や……！　それは次の機会に……」

「ダメだ」

「俺のことを……」

「俺のことも考えてくれ。据え膳のまま今日までおとなしく我慢してきたのに、自分から飛び込んできたんだ。理性なんかねぇよ」

「あ……！」

ずっと放置されていた前を、彼が握る。

手の動きがいやらしく強弱を付ける。

「あ、あ……、や……っ」

それだけで、イキそうになってしまう。

「ひ……っ、あ……。だめ……」

なのにまた、彼は手を止めた。

もっとして欲しい。触って欲しい。男として当然の欲求に下半身がヒクつく。

どうしたらいいのかと思っていると、突然尻の辺りに水をかけられた。

「ひっ！」

「悪い、冷たかったか？」

「な……、何？」

「ローション」

「ロー……。いや、やだっ！　嫌です」

彼の目的がわかって、慌ててまた逃げ出したが、逃れることはできなかった。

ぬるりとした感触をまとって手が腰を撫でる。さっきまでとは違った感覚に鳥肌が立つ。

そのぬるぬるとした液体を擦り付けながら前が握られる。

手の感触じゃない。さっき口に含まれた時みたいに濡れてて……、困る。抵抗するより先に、イクのを我慢しなくてはならないなんて。

「あ……、あ……っ、それだめ……っ。紅林さん……。初心者には刺激が……」

「とろとろになってろ。何もわかんなくなるくらい」

「そんなの、もう……」

指が、舌のよう。

沢山の舌に舐められてるみたいで、頭がおかしくなりそう。

もう見られてようが何しようが、我慢できなくて、俺は自分の手でソコを押さえたが、たっぷりとかけられたローションは自分の指すら、未知の愛撫《あいぶ》に変えてしまう。

「だめ……。出る……っ」

「楽にしてやるから、力を抜け」

彼の言葉を信用していた。

いつも、正しいことを言ってくれると。嘘はつかないと。

だが『楽にする』には色んな意味があるというところまでは考えていなかった。

腰を抱えられ、高く上げられる。

朦朧とした頭では、されるがままだ。

手が、尻を撫でる。

手のひらが指になる。

指が後ろから尾てい骨をなぞり、下りてくる。

そして、ずるっとした感覚で中に入った。

「ひっ！」

思わず背を反らして前へ逃げたが、それは残った指を締め付ける格好になっただけだった。

「抜いて……っ！」

指が、中で動く。

腰を濡らす液体が、指の動きに合わせていやらしい水音を立てる。

背中を押さえ付けられ、指が更に深く突っ込まれる。

「や……ぁ……っ」

力を入れても、指は自在に動いた。

もう彼を止めるものは何もない。

俺の抵抗も、彼の理性も、溶けて消えてしまう。

「あ……ん……っ、う……ッ、ふ……。は……ぁ」

自分のものではないような淫らな声が零れる。

「許して……もう……っ」

中が探られ、身体が痙攣する。

もうダメだ……。何も考えられない。こんなことをされてこんなに感じてしまうなんて。

お鶴さんはいなくなったのに、俺の中に女性の部分が残ってるのかな。彼が本当に上手いのかな。それとも自分が淫《みだ》らなのか、他の人もこんなに感じてしまうのか。

理由を探さないと、快感に溺れて全てを失ってしまう。

「もういいな」

紅林さんがポツリと呟いた。

「痛まないと思うぜ。ちゃんとそういうローションを使ってるから」

そういうってどういう？

ぼんやりした頭で彼の言葉を反すうしようとした時、ソレは来た。

「無理……っ！」

指が入っていた場所に彼が当たる。

霞《かすみ》がかかったように朦朧としていた頭の中に大きく『無理』という文字が浮かび、声に出した。

「大丈夫だ。俺を信じろ」

これればかりは信じられるわけがない。

「あなたの大きさは見たんだからわかってます！　無理……っ！」

でも、彼は入ってきた。

「医療用の塗布タイプの麻酔が入ってるから大丈夫だ。たっぷり内側まで塗ったしな」

酷い人。

現実的で、的確ではあるけれど、強引過ぎる。

そこも含めて好きになったのだから、文句は言えないのかもしれないけど、許容はできない。

「あぁ……」

異物が身体の中に入ってくる。

腰をしっかりと捕らえられ、突き進んでくる。

彼の言葉には嘘はなく、痛みは少なかった。全然とは言わないけれど、悲鳴をあげるほどではなかった。

それがまた困る。

搦《から》め捕られる。

彼のいいようにされる。

それが悦びに変わってしまう。

俺はまだ未熟で、性的な繋がりが全てとは思えないけれど、身体が繋がり、快感を共有することは恋愛の大切な要素なのだと思ってしまう。

そんなことを認めたら、この先ずっと彼の思いのままだとわかっているのに。

「あ……」

深く繋がって、腰を揺らされる。

手が前を握り俺を促す。

もう一方の手は、濡れたまま胸をまさぐった。

どちらの手も、俺を追い上げ、息が苦しい。

この人を好きだと言ってしまった時に、決まっていた結末。

彼に勝てるわけがない。

俺はきっと、この人に負けることが嬉しいのだ。

男の自分がよりかかっても倒れることのない強い人だと思って、安心して身を任せてしまうのだ。

だから、諦めた。

「あ……」

快感の波に呑まれることを。

兎が走るなんて可愛いものではない、もっと怒濤《どとう》のような絶頂の波に呑まれることを。

彼とセックスする悦びを認めることを。

「……イク……ッ」

「俺もだ……」

彼と恋をするのだ、ということを……。


疲れ果てた俺と、眠る時間だった彼と、コトが終わった後、泥のように眠った。

夢も見ないほど深く。

目が覚めると、もう昼過ぎで、睡眠時間が足りないはずの紅林さんの方が先に起きてタバコを吸いながらノートパソコンを叩いていた。

「起きたか」

「……タフですね」

「身体が丈夫なのが取り柄だ」

彼はノートパソコンを閉じ、何かを持って俺の傍らまで来ると、ベッドに腰を下ろした。

「ほら。こいつも役目を終えたらしい」

彼が投げて寄越《よこ》したのは、左乃介の印籠だった。

紅林さんがそれ以外の印籠を持ってるはずがないから、きっとそうだと思うだけで、その様相は変わっていた。

月も波もない。

ただ黒いだけの印籠になっている。

「二人で月へでも行ったかな。知ってるか？　兎ってのは性欲が強いんだぞ」

「……紅林さん」

そっと身体を起こすと、すぐに彼が枕を背中に入れてくれる。

「無茶して悪かったな。初めてなのに飛ばしすぎた」

「やっぱりあれは無茶だったんですね。初めてだからわからなかった」

「初めての人間には、無茶だった。だが恋人には慣れてもらいたい程度だ」

恋人……。

「お前はもう少し実家で暮らしてろ」

「はい？」

「家族と一緒なら浮気の心配がない。だが、もう少ししたら、家を出てここに移ってもいい」

「もう少ししたら、ですか？」

「今、外国人向けの骨董屋のシミュレーションをしてた。それが上手く行きそうだったら、大手を振って同棲《どうせい》できる。そうしたら、俺も階段から落ちなくて済む」

「どういう意味です？」

「お前のことばかり考えて、足を踏み外したことがある。みっともない話だな」

「ひょっとして、捻挫の？」

彼は返事をしなかったが、顔がそうだと語っていた。

だからあの時、よく意味のわからないことを言ってたのか。

「五城はもうわかってると思うが、俺はせっかちな上に独占欲も性欲も強い」

「最後のは余計です」

「本当のことだ。それでも、俺に愛されてくれるか？」

紅林さんは、いつも正直だ。

こちらが恥ずかしくなるようなことも、さらりと口にする。

「毎回こんなことをされるなら、覚悟が必要ですね」

「セーブする。……ように、努力する」

ほら、嘘がつけない。

今だけ『しない』と言ってしまえばいいのに、そうは言わない。

だから、俺は彼の肩に頭を寄せた。

「あなたはモテるでしょうけど、これから先こういう無茶をさせるのは、俺だけって約束してくれるなら。愛されてあげます」

少し偉そうに。本当は負けを認める言葉を口にして。

「俺も、他の誰でもない紅林さんが好きですから……」

もう、夢のことなど口にしないと心に決めて。

あとがき

皆様、初めまして。もしくはお久しぶりでございます。火崎勇です。

この度は、『色憑きの恋』をお手にとっていただき、ありがとうございます。

イラストの宝井さき様、素敵なイラストありがとうございます。担当のF様、色々とありがとうございました。

超現実主義の紅林と、夢と幻想を信じてる五城。

恋人になった二人ですが、これからどうなるのでしょうか?

前世の二人が無事昇天してくれたので、これからは二人だけの恋愛です。

今までは共通の話題というか悩みがあったのですが、これからは何もない。五城なんかは、どうしようかと考えてしまうかも。

紅林の男らしい態度は憧れるけど、老人と骨董を相手にゆっくりした時間を過ごしてる自分と、ビジネスマンで忙しくしてる強引な紅林と、本当に上手くいくのかな、なんて。

でも、そこは紅林なので、五城がどんなに悩んでも、迷っても、彼は全然気にせず、『お前は俺の恋人だろう。考えるな』と、グイグイ引っ張っていってくれるでしょう。

そんな時に、紅林の仕事相手の中に骨董に詳しい外国人のイケメンがいたりして。その彼を仕事だからと紅林が五城に紹介すると、二人が意気投合。お似合いに見える二人の姿を見て紅林の方が悩むなんてのもありかも。

滅多に悩むことのない紅林が、俺よりあの男の方が五城には合ってるのか？　彼に譲った方が五城が幸せになるのか？　などと悩んだりしつつも……、やっぱりお前は俺のだと強引に、ですよ。

相手がその気になるまでは細心の注意を払ってあげるけれど、一度自分のものになったら選んだのはお前なんだから、と自分勝手にする男なのです。

五城は振り回されて混乱するんだけど、そのうち振り回されるのが楽しいと思うようになったら、もう離れられないでしょう。

そして肉食系の紅林は、取り敢えず五城の体調を最低限気遣いながら彼を美味しくいただくのです。

空の上からお鶴と左乃介が、あとちょっと待ってればよかったと悔しがるほど。（笑）

なので、これからの二人は自分達の好きなように生きていながら、紅林主導ということで。

それでは、そろそろ時間となりました。またいつかどこかでお会いいたしましょう。

初出一覧

色憑きの恋　/書き下ろし

B♥PRINCE
http://b-prince.com

B-PRINCE文庫をお買い上げいただきありがとうございます。
先生へのファンレターはこちらにお送りください。

〒102-8584
東京都千代田区富士見1-8-19
株式会社KADOKAWA　アスキー･メディアワークス
B-PRINCE文庫　編集部

色《いろ》憑《つ》きの恋《こい》

発行　2015年11月7日　初版発行

著者　火崎 勇
©2015 Yuu Hizaki

発行者　塚田正晃

プロデュース　アスキー・メディアワークス
〒102-8584　東京都千代田区富士見1-8-19
☎03-5216-8377（編集）
☎03-3238-1854（営業）

発行　株式会社KADOKAWA
〒102-8177　東京都千代田区富士見2-13-3

印刷　株式会社暁印刷

製本　株式会社ビルディング・ブックセンター

本書の無断複製（コピー、スキャン、デジタル化等）並びに無断複製物の譲渡および配信は、
著作権法上での例外を除き禁じられています。
また、本書を代行業者などの第三者に依頼して複製する行為は、
たとえ個人や家庭内での利用であっても一切認められておりません。
落丁･乱丁本はお取り替えいたします。
購入された書店名を明記して、
アスキー･メディアワークス お問い合わせ窓口あてにお送りください。
送料小社負担にてお取り替えいたします。
但し、古書店で本書を購入されている場合はお取り替えできません。
定価はカバーに表示してあります。

小社ホームページ　http://www.kadokawa.co.jp/

Printed in Japan
ISBN978-4-04-865480-7 C0193

B-PRINCE文庫

好評発売中!!

B-PRINCE文庫

好評発売中!!

B-PRINCE文庫

好評発売中!!

B-PRINCE文庫
新人大賞

読みたいBLは、書けばいい！
作品募集中！

部門

小説部門　イラスト部門

賞

小説大賞……正賞＋副賞50万円
優秀賞……正賞＋副賞30万円
特別賞……賞金10万円
奨励賞……賞金1万円

イラスト大賞……正賞＋副賞20万円
優秀賞……正賞＋副賞10万円
特別賞……賞金5万円
奨励賞……賞金1万円

応募作品には選評をお送りします！

詳しくは、B-PRINCE文庫オフィシャルHPをご覧下さい。

http://b-prince.com

主催：株式会社KADOKAWA